轻抚丝弦唱素秋

邹慧萍 著

邹慧萍古典诗词集

黄河出版传媒集团
阳光出版社

图书在版编目（CIP）数据

轻抚丝弦唱素秋：邹慧萍古典诗词集 / 邹慧萍著
. -- 银川：阳光出版社，2019.11
ISBN 978-7-5525-5148-8

Ⅰ. ①轻… Ⅱ. ①邹… Ⅲ. ①诗词－作品集－中国－
当代 Ⅳ. ①I227

中国版本图书馆CIP数据核字(2019)第265617号

轻抚丝弦唱素秋：邹慧萍古典诗词集　　　邹慧萍　著

责任编辑　靳红慧
封面题字　石庆壁
封面插画　赵香莲
封面设计　晨　皓
责任印制　岳建宁

黄河出版传媒集团
阳光出版社　出版发行

出 版 人　薛文斌
地　　址　宁夏银川市北京东路139号出版大厦（750001）
网　　址　http://www.ygchbs.com
网上书店　http://shop129132959.taobao.com
电子信箱　yangguangchubanshe@163.com
邮购电话　0951-5014139
经　　销　全国新华书店
印刷装订　宁夏凤鸣彩印广告有限公司
印刷委托书号　（宁）0015747

开　　本　140mm×210mm　1/32
印　　张　8
字　　数　200千字
版　　次　2019年12月第1版
印　　次　2019年12月第1次印刷
书　　号　ISBN 978-7-5525-5148-8
定　　价　38.00元

序一　捎去红枫一片

张　铎

　　最早接触邹慧萍教授的作品，是一篇散文《我的黑城子的爷爷》，情感真挚，诗味浓郁，给我留下了深刻印象。乃至于那个像我祖父的黑城子爷爷，时常出现在眼前。后来先生将自己的作品收集在一起，出了一本散文集《行走的阳光》，我为这部散文集写了一篇读后感《阳光之人　阳光之文》，谈了谈读先生作品的初步感受，在报上发表后，又收入我自己的文集《塞上涛声》。不久，先生推出了一本专著《最美中华古典诗词100首诵读指导》。查阅了有关资料，始知先生不光是一个有成就的作家，还是国家级普通话水平测试员，长期从事师范院校汉语言文学和普通话口语交际教学工作。怪不得这本书题解精当，注释准确，诵读指导到位，具有很高的学术价值。为了便于读者学习，先生还延请哈若蕙等众多朗诵名家朗诵了书中所选的作品，制成光盘附在书后，使该书生辉不少，出版后深受广大读者欢迎。

　　邹先生擅长写散文，又通晓音律，故而她的诗词作品格律严谨，情切语挚，真率隽永，婉约而不失柔曼，别具一格。如《西江月·梦里山城秋色》：

> 梦里山城秋色，匆匆又是一年。凭风遥祝体祥安，捎去红枫一片。
>
> 塞上纵横阡陌，淡然还复悠然。且抛满腹愁和难，抬首高天云淡。

在古代，诗大都有题目，而词一般没有题目，只有词牌名。到了现代，诗人填词起名者，渐渐多了起来。然而这首词加题目，关键是带有强调之意，即诗人写的是"梦里山城秋色"。山城指固原，地处宁夏南部山区，是一座历史文化名城。作者大学毕业后分配到固原工作，如今离开山城固原"转眼二十余年"，而在梦中思念的却是"山城秋色"。"日有所思，夜有所梦"，那么"山城秋色"给作者留下的印象极为深刻。说是写"秋色"，开首又写时光流逝，"匆匆又是一年"。接下来过渡到写固原的友人。除了祝福她们"体祥安"，还要"凭风"给她们"捎去红枫一片"。这句诗令我想起南北朝诗人陆凯赠范晔的诗，"折花逢驿使，寄与陇头人。江南无所有，聊赠一枝春。"陆凯和范晔是好朋友，陆凯在梅花盛开的江南，给远在长安的范晔，寄了一枝梅花。以花相赠友人，别开生面，极富情趣，烘托出了两人友情之深。陆凯送友人的是鲜花，邹先生送友人的却是树叶，即"红枫一片"，准确地说是"一片红枫"，但就是这似火的一片枫叶，昭示着作者对老朋友的感情像火一样红，非常真挚。由于色彩鲜明，颇为传神，令人印象深刻。

上阙末一句由枫叶写到秋色，自然而然过渡到下阙集中写"秋色"。"塞上纵横阡陌"，阡陌指田间小路，出自晋代陶渊明的《桃花源记》。山城秋色最有代表性的竟是"阡陌"，那在田间纵来横去的小路。而这田间小路，只有收获季节过后，才能看得清。由此可见，这山城并不大。古词新意，凝练、清顺，写出了诗人眼中山城固原的地理特征和时代特色。"阡陌"之中，色彩斑斓，果实累累，清香四溢。徜徉其中，饱览丰收的美景，呼吸大地的芬芳，感慨良久，情溢景外，真是别有一番韵味。晋陶渊明诗云，"采菊东篱下，悠然见南山。"在东篱下采摘菊花，不觉意看见了远处的南山，"淡然还复悠然"。邹先生与友人在田间散步，看见的却是"阡陌"，脚下的小路。这井字般的小路，怎能让人做到"淡然还复悠然"，我看比较难。否则，就不会出现"且抛满腹愁和难，抬首高天云淡。"这里的"高天云淡"是毛泽东著名词作《清平乐·六盘山》首句"天高云淡"的倒装。试想，红军长征时期，地上围追堵截，天上狂轰滥炸，这是多么危险和困难！而现在遇到的"愁和难"又算得了什么。何况如今"高天云淡"，天地宽阔得很，又有什么可"愁和难"呢。以地带景，内涵丰富，质实感人。故地情深，老友情深。梦中的山城秋色，有太多人生的无奈与矛盾。所谓事业功名，在无情时光的冲刷下，既不"淡然"，又不"悠然"，常令人"满腹愁和难"，但是抬首远望"高天云淡"，以致作者的心情转为晴朗、旷达，显示出一种潇洒的豪情。此词由"红枫""阡陌""高天云淡"之秋景，一步步转入人事，反映出了诗人对人生的深切体悟，忧而不伤，哀而不怨，豁达大度，别有怀抱，这是诗人创作的一个比较显著的特点，在女诗人中比较少见。

邹先生喜欢填词，也喜欢写诗，而且曲写幽思，慨然一吐，内涵丰富，刚健而不失清丽，别开异境。如《岁末湖畔散步即景》：

> 岁晚黄昏寂寞风，疏林湖畔少人踪。
>
> 孤飞鸦鹊徐徐乱，群舞芦花渐渐空。
>
> 紫气融融朱鸟落，金星点点暮云横。
>
> 回身惊见团圆月，始悟相思天地同。

前面那首词写的是在田间散步，这首诗写的是在"湖畔"散步。一年将要结束的黄昏时分，晚风轻轻地吹着，"匆匆又是一年"，又是时光流逝。由于到了岁末，树上的叶子掉光了，林子当然显得"疏"，加之又是冬晚，那湖畔肯定"少人踪"。恬静闲适，本是世事纷扰之人向往之地，而此时在湖畔的散步者，却是那么"寂寞"。一个个"孤飞"的乌鸦和喜鹊，在天空慢慢飞着，渐渐地竟有点乱。着一"乱"字，借鸦鹊之乱，写出了诗人自己心情的烦乱。至于芦花"群舞"，表面上是写芦花在"寂寞风"的吹拂下，飞完了，空空如也，其实是侧写心也空了。思深律细，有唐人之风。

以上四句勾勒了地上的景物，借景抒情，抒发了作者的

"寂寞"之感，动静结合，清新自然，浑然天成。下面四句，写天上的景物。"紫气融融朱鸟落，金星点点暮云横。"紫气东来，给人带来融融的暖意。朱鸟，即朱雀，这里借指太阳。夕阳西下，天上的点点金星闪闪烁烁。一块条状的"暮云"横在眼前。这个"横"字，让我想起唐朝著名诗人韩愈的"云横秦岭家何在，雪拥蓝关马不前"的诗句，但此处的"横"，不是"云横秦岭家何在"之"横"，挡住了去路，而是像桥一样，即那座有名的"鹊桥"，把两岸连接在一起。"回身惊见团圆月，始悟相思天地同。""团圆月"一般是指八月十五的中秋月，此刻是岁末，哪来的"团圆月"。正因为如此，才"惊见"，当然也有月亮初升，看到它，亦有"惊"之意。事实上，是岁末这个月十五的月亮，但诗人这一美好的误会，一唱三叹，拓宽了诗境，更觉情长。至此，诗人"始悟相思天地同"，即开始觉悟，相思天上地上原来是一样的。该诗从地上写到天上，到二者同一，有张有弛，曲径通幽，刻画出了诗人的情绪转换，以及思想认识的升华，给人一种豁然开朗之感。这个由阴转晴的过程，说明了作者有蓬勃的上进心、事业心，不甘平庸，这也是时代使然。不过，作者在诗中喜用"横"字，切人切事，颇为尽致。如《塞上夏日雨后即景》其三："鸥随云影尽，日落紫烟横。"这横在眼前的"紫烟"，犹如"金星点点暮云横"，一点也不"横"，也没有韩愈"云横秦岭家何在"的"横"的意思，反倒有点亲切，让人充满了希望。以致"始悟相思天地同"，这充分表现出作者对人生的通达与彻悟。诗人把自己"捎去红枫一片"，"孤飞鸦鹊徐徐乱，群舞芦花渐渐空"的情思，描写得那么深刻动人，充满诗意，若仔细体会，便可发现诗人飘然洒脱的心境、旷远超脱的人生态度。毋庸讳言，这达观的背后有无限的感慨。

先生笔下的秋景色彩斑斓，摇曳生姿，美不胜收。而秋景也有萧索的一面，那么人生在世，难免会碰到不如意或令人遗憾的际遇，既然这一切均是"天地同"，那又何必太过执着呢！"人生到处知何似，应似飞鸿踏雪泥"。

邹慧萍教授嘱我为她的诗词集《轻抚丝弦唱素秋》作序，对我而言，谈不上作序，只是拉杂写了一些阅读体会，不知妥否，尚请邹先生和诸位方家不吝赐教。

2019年9月1日于银川

（张铎，原名张树仁。宁夏固原市原州区人。著有诗集《三地书》、散文诗集《春的履历》、评论集《塞上潮音》《塞上涛声》等。中华诗词学会会员，中国诗歌学会会员，中国文艺评论家协会会员，宁夏诗词学会副会长、诗歌学会名誉副会长，宁夏师范学院西海固文学研究所特邀研究员，银川文学院院聘作家。现供职于宁夏政协。）

序二　南山与秋色　气势两相高

张　嵩

　　借用杜牧《长安秋望》中的诗句"南山与秋色，气势两相高"来作这篇序的名，也许更接近诗人和她这部诗词集的意绪和情境。诗词集名曰《轻抚丝弦唱素秋》，按时序和类别又分了8个篇目，其中秋之篇光从数量上来说居各篇目诗词之首，颇有分量。诗人更多地是借秋情秋景抒发情怀、表露心迹，素秋之唱，真情激荡，意绪畅然。秋之成熟、秋之美夭、秋之情结，在纸上徐徐展开的是一幅幅诗人心中的图画，这诗与画浑然一体，观之令人陶醉，吟之便觉口舌生香。

　　诗人的成长，始于甘肃东南山区，个中"乡愁"的滋味，唯有相同经历的人才能"解得"，在这里我姑且把"南山"广义地理解为诗人的成长、出发之地。南山与秋色的完美结合，诗就显出了它的气象，这不就是"南山与秋色，气势两相高"吗？当然，秋的景象只是诗词集中一个突出的例证，它不是悲秋之作，而是唯美之作。诗人笔下其他季节的诗写得都很雅致，构成了一个完整、分明，春华秋实、夏清冬温，有情有景、情景交融的四季诗境。除了四季诗以外，还有友情、行吟、词赋、古风等篇，作品也是各有千秋，诗情暖暖，词意浓浓，共同成就了这部韵味十足的集子。

邹慧萍是一个很有才气的作家，出版过散文集，不论是人物叙述、景物描写抑或是个人抒情，都很细腻，娓娓道来，如涓涓流水，浸润人心。独到的视角和异于常人的观察能力、波澜不惊却阅历丰富的内心世界、对事物的认知、人生的感悟等都是成就文学梦所不可或缺的。邹慧萍具备了这样的能力，她因此创作出了优美的散文，继而因为喜欢朗诵又写出了很受欢迎的《最美中华古典诗词100首诵读指导》一书，让人感佩！她有着很好的家学，深受传统文化的熏陶，她文学的触角早就延伸到了诗词创作的领域，而且作品很有个性和特点。现代人创作诗词，不仅要汲取古典美的意象，更要有现代生活的气息，两者结合才会有生命力，才能彰显出诗词的美。读邹慧萍的诗词就是这种感受，既有古典美又有现代生活气息，更融入了女诗人的温婉柔情和淡淡思绪，展卷读来使人神往，十分惬意。"野径行行远，微熏缕缕风。柯青皮渐润，泥软草初生。犬吠七八句，人言一两声。雀眠春夜静，天暗火独明。"（《春日小园即景》其一）。初春安静的小园连着望不到尽头的野径，丝丝微风拂过，土地复苏，树绿草动；偶尔传来几声人言犬吠，但依然打不破这宁静；夜色渐来，倦鸟归巢，灯火明灭。多么美好的一帧田园小画，朴实无华的言语，倒有几分神似陶潜，古典的美很自然地在诗中流润。"悠悠天地一，荣与鹜孤飞。霜降随节至，焜黄花叶衰。叶衰才蓄力，得势又光辉。万物尽如此，人生何必悲。"(《霜降随感》其一）。霜降时节，花叶失色，但它的光辉在积蓄力量之后将会再一次绽放，这是自然的规律，却蕴藏着生命延续的意义，万物如此，不必伤悲，以积极的态度去应对事物的变化，这才是乐观的人生。语言依然质朴，深得古人韵味，寓意却更加深刻，反映了现代人的辩证思维和对客观事物的感知。"红叶知秋意，随风入梦来。寒蝉清古韵，夜露响新苔。密密加丝被，层层减钿钗。遥知山水阔，惜字怕君猜。"(《秋思八首》其六）。这首诗意味更加深长，季节变换，天气转凉，添衣加被，遥寄远方。"密密加丝被，层层减钿钗。遥知山水阔，惜字怕君猜。"人事相亲，情深意切，语言超越时空，化出化入，新颖别致，传递出一种不可名状的深深爱意。以上三首诗在古典美上表现得淋漓尽致，又在现代人生活的语境之中，生动鲜活，毫无雕饰，诗人的感性认识升华与内心情感活动达到了完美结合。

邹慧萍的诗作体裁多样，这在一般诗人来说并不多见。五绝、七绝、五律、七律、排律、古风、词、赋应有尽有、挥洒自如，殊为难得。排律除较长的对仗、韵脚等难度外，还在设景、寄寓等方面有很高的要求，写的人较少。邹慧萍不畏"艰难"，在五言排律、七言排律上都做了有益尝试，并且慧手不凡，首首出彩。尤其是《七月初一同友人游古雁岭》一首，写得出神入化，读之再三，感慨难尽。这一日风和日丽，与友人相约登上固原名胜古雁岭，饱览风光之余，谈古论今，评说这一块土地上的历史风云。不意眼前风云突变，好好的天气，"刹那狂风起，云团卷亦开。""云黑龙虎斗，电闪龟蛇来。"刚才还嬉戏觅食的小鸟，"旋飞旋又落，惶恐不得回。"随之"豆雨大如注，狂风卷入怀。"诗人真实记录了天气瞬息万变的一幕，通过绘声绘色的描写，让人感受到了惊心动魄的一刻。风雨之中，女性的情怀也有十分动情的表露："坐叹心不定，怜惜花叶摧。"这也是人性光辉的闪现。但很快云收雨散，日出天际。"袅袅青烟起，层林夕照辉。"自然的景象在雨后更加清新，正是"雨后复斜阳，关山阵阵苍"的美景。诗的结句更是充满"情思"，令人回味无穷："天苍山寂寞，日暮雁行来。"情与景的和谐统一。什么是诗？这就是诗。

在这里我还要说一说邹慧萍的古风体诗作。风，从《诗经》中十五国风引申而来，是诗歌的意思，说得再明白一点，就是古代的自由诗，只讲押韵，不讲平仄、对仗，它有别于要求严格的近体诗。唐代以后诗人们作古体诗，往往在题目上标明"古风"，以有别于格律诗。现在许多人一开始学诗，掌握不好格律，写的就是古风。但古风并不好写，有思想、有艺术、有意境、有格调等，要融为一体，其实是很难驾驭的。李白扬名的就是大气磅礴的古风诗，我们可以想一想它的难度。但邹慧萍的古风写得有特色，有韵致，它主要体现在对亲情及日常生活细节的描写上。诸如《忆老屋兼怀父母》《写给母亲生日的打油诗》《老家纪行》《陪四叔游宁夏》等，看似不经意，却很有真情实感，对人物的刻画，两三句话就能看出他的动作、神态，个性鲜明、形象生动，"烟火"味浓，很接地气。她自嘲这些诗大多是打油诗，其实更接近于她的内心真实，感情真挚，语言灵活，熟练运用一些口语化来表述，自然清新，没有任何矫揉造作之态。

毫不例外，邹慧萍的诗词作品也有瑕不掩瑜之处，无论是四季之诗，还是抒怀之作；无论是游历唱和，还是亲情友情，过多表现的是"闲情逸致"，甚至是"女儿情怀"，虽是清平盛世，还是应该走入时代的大视野之中，关注更为广泛的题材，自觉地肩负起诗人的社会责任，意义则更大。还有，一些诗作还需要在更"工"上多琢磨，排律要注意对仗的熟练运用。当然，这都是我一家之言，共同商量，共同进步。

诗言志，歌咏怀，言为心声。邹慧萍多年来所创作的大量诗词作品，是她心灵之路的表述、是她精神世界的独白，更是她热爱生活、上下求索的佐证。她的个性中包含着许多共性的认知，诗作中流溢着家国情怀，从感性到理性，从现实到本真，作品在升华，人性也在升华，心境与诗境完美对接，高度统一，这也是每一位诗人所追求的目标，我们在庆幸之时亦当共勉。

2019年6月9日于银川

（张嵩，中国作家协会会员、中华诗词学会常务理事、宁夏作家协会主席团委员、宁夏诗词学会常务副会长兼秘书长）

目 录
CONTENTS

甘霖清夏绿妖娆 · 夏之篇

秋气凌霄生瀚海·秋之篇

春风骀荡入云霄

春之篇

东风破（二首）

其一

东风一夜破春芽，塞上湖洲草竞发。

红柳临波惊照影，碧云潜水好生花。

还寒远岫^①藏霜雪，乍暖双凫^②戏晚霞。

拂面徐徐轻步履，柔枝款款近人家。

（中华新韵）

其二

烟柳长桥渌^③水鸥，东风十里纵横流。

晨光郁郁何消受，紫日葱葱怎惹愁？

造化钟情春自醉，天公有意地宫羞。

驱车草色扑怀近，骋目闲云天地悠。

---

①岫：读 xiù。《说文》："岫，山穴也。"《尔雅》："山有穴曰岫。"宋代词人李清照《浣溪沙》有"远岫出云催薄暮，细风吹雨弄轻阴。"句。

②凫：即野鸭子。

③渌：读 lù。水清的意思。有渌水、渌波等。唐代诗人李白《梦游天姥吟留别》有"渌水荡漾清猿啼。"句。

塞上^①春风赋

不用探寻不用访，春风塞上最张狂。

潇潇^②才怨新芽短，蔼蔼^③却惊旧草长^④。

无意迎春丹桂醉^⑤，有心结子杏桃忙。

东君^⑥偏爱垂杨柳，一夜绣成碧玉妆。

---

①塞上：塞指边界上险要地方。塞上指军事位置重要的边境地区，亦泛指北方长城内外。因为宁夏银川的地理位置，常被称为塞上。古往今来有许多诗人在作品中描述过塞上的壮美风景。

②潇潇：读 xiāo xiāo。形容风急雨骤。《诗经·郑风·风雨》有"风雨潇潇。"毛传："潇潇，暴疾也。"宋代词人李清照《蝶恋花》词有"潇潇微雨闻孤馆。"句。

③蔼蔼：读 ǎi ǎi。温和貌；和气貌。明代何景明有《立春日作》诗："蔼蔼春候至，天气和且清。"明代徐弘祖《徐霞客游记·滇游日记四》中有"遇学师赵，相见蔼蔼。"句。这里形容春风温和温暖的状态。

④长：读 cháng。这里指从枯草丛中生长起来的新草已经很长了。

⑤丹桂醉：丹桂是在九月开花，因此说它无意迎春。仿佛是在沉醉当中。

⑥东君：传说中的太阳神。屈原有《东君》诗，以日神为祭祀对象。

塞上春雪赋（二首）

其一

道是无情却有情，三冬无迹早春生。

葳蕤①灯下纵情舞，旖旎②光中肆意行。

偏爱素衣颜色好，不求锦瑟和声清。

惜春化雨田园润，恋物凝霜蛰户惊。

其二

紫日东升春气早，银枝横挂玉珠辉。

风亲云影徐徐舞，雀喜晴柔③缓缓归。

草甸雪融遥见色，树梢腊染④近芳菲。

琼花⑤一扫三冬景，玉屑⑥迎来翠浪飞。

---

①葳蕤：读wēi ruí。形容枝叶繁盛或者羽毛装饰华丽鲜艳的样子，也可形容植物生长茂盛的样子，亦可比喻词藻华丽。《玉台新咏·古诗为焦仲卿妻作》有"葳蕤自生光"句。

②旖旎：读yǐ nǐ。本义为旌旗随风飘扬的样子，引申为柔和美丽，多用来描写景物柔美、婀娜多姿的样子，也用来指繁盛的样子。比如《楚辞·九辩》"窃悲夫蕙华之曾敷兮，纷旖旎乎都房。" 王逸注："旖旎，盛貌。"

③晴柔：指柔和晴朗的天气。宋代诗人杨万里有："泉眼无声惜细流，树阴照水爱晴柔。"（《小池》）句。

④蜡染：这里指树梢分泌出的汁液和树胶等类似于蜜蜡般亮黄滋润的东西。

⑤琼花：借指雪花。宋代杨万里《观雪》有"落尽琼花天不惜，封他梅蕊玉无香"之句。

⑥玉屑：借指雪。细小的雪沫儿在空中飒飒飞舞，有琼花玉屑的感觉。

春之四题

寻　春

寻诗觅句访春华，塞上风光未见花。
放眼遥遥伤草色，回眸浅浅喜清嘉。
冰河落日铺云锦，残雪寒塘藏短芽。
风劲裹衣将欲去，却怜杨柳染飞霞。

问　春

问春无语问光阴，杨柳微寒草色深。
晚照临波多少意，浮云顾影几重心？
欲将心事托黄鸟，却敛妆容听翠音。
落日楼头孤鹜去，苍茫独向紫霞寻。

探 春

不怨春光不怨风，南江花落北江红。

雪连朔漠^①冰湖舞，莺啭^②新枝杨柳东^③。

紫日偲偲催节令，长河切切待丰功^④。

心藏盛景花枝俏，春夏秋冬四季同。

---

①朔漠：原指北方沙漠地带，这里泛指北方。

②啭：读 zhuàn。指鸟宛转地鸣叫。唐代诗人王维《积雨辋川庄作》有"漠漠水田飞白鹭，阴阴夏木啭黄鹂。"句。

③杨柳东：东边为最早得到阳光的地方，因此古人把春风称为东风，把得阳之地称为东方或者东门。北宋词人晏几道《菩萨蛮》有"来时杨柳东桥路。"之说。

④偲偲切切：读 sī sī-qiè qiè，互相勉励。《论语·子路》："朋友切切偲偲。" 朱熹集传引马融曰："切切偲偲，相切责之貌。"这里喻指太阳和万物之间的友好关系。

轻抚丝弦唱素秋——邹慧萍古典诗词集

访　春

驱车郊外访春华，紫日融融无际涯。

大道纵横平野阔，长河驰骋暮云遐。

扶风①杨柳迷边地②，向日沙蒿③醉浅洼④。

莫道胡天⑤春气晚，遥遥草色著新纱。

---

　　①扶风：指杨柳随风轻摇的样子。《红楼梦》宝玉初见黛玉之时对她的印象是："闲静时如姣花照水，行动处似弱柳扶风。""弱柳扶风"与"姣花照水"相对应，形容黛玉行动之时腰肢款摆、风姿绰约的体态。

　　②边地：泛指边疆地区。宁夏银川平原，被称为塞上平原，为西北之边陲，故称边地。

　　③沙蒿：沙蒿，为菊科蒿属植物。多生长于干河谷、河岸边、路旁等半干旱地区，为草原地区植物群落的主要伴生种，是宁夏尤其是银川地区典型的植物。

　　④浅洼：洼读 wā，本义为深池。浅洼，指颇具塞上湖城风格的湖泊湿地。沙蒿喜欢生长在湖泊湿地的岸边。因此有"扶风杨柳迷边地，向日沙蒿醉浅洼"之句。

　　⑤胡天：泛指北方、西域的天空。

008

春日小园即景（二首）

其一

野径行行^①远，微熏缕缕风。

柯青皮渐润，泥软草初生。

犬吠七八句，人言一两声。

雀眠春夜静，天暗火独明。

（中华新韵）

其二

紫日融融小径长，闲情信步见春芳。

水姿剔透冰姿秀，草色玲珑树色将^②。

鹊喜呼朋忙筑垒，风狂摇落旧时光。

盈怀送暖屠苏醉，拂面微醺泥土香。

----

①行行：读 xíng xíng，《古诗十九首》有"行行重行行，与君生别离"句。这里指小径幽深而长远。

②剔透：读 tī tòu。通澈、明澈的样子。将：读 jiāng。快要，即将。这里指树快要变色、已经开始变色的状态。

塞上春色（五首）

其一

气爽风清四月天，春光无际景无边。
微醺①雪柳轻轻下，酣醉米槐静静悬。

其二

半夜雨声半夜空，一帘幽梦一帘风。
杯中佳酿深深醉，窗外海棠日日红。

其三

飞雪闹春天女来，仙姿曼舞影徘徊。
红桃绿柳知君意，报与冰心一处开。

①醺：《说文》："醺，醉也。"微醺，指微微有些醉意，和下文的"酣醉"形成对仗。

其四

椏①柳扶风白鹭斜，沙汀②悬线几渔家。
烟薰③草色微微醉，水荡波皱滟滟霞。

其五

东风一夜花千树，塞上风光尽是春。
欲唤青阳停脚步，犹怜寒蕊吐清新。
惜春长怕花开早，恋物却疑朱雀频。
杨柳梢头多少梦，子规声里几重茵。

----

①椏：读 duǒ。下垂的样子。唐代诗人岑参《送郭乂杂言》诗有"朝歌城边柳椏地，邯郸道上花扑人。"句。

②汀：读 tīng。水边平地，小洲。有汀洲、绿汀等词。《说文》："汀，平也。"段玉裁注："谓水之平也。水平谓之汀，因之洲渚之平谓之汀。"徐锴注："水岸平处。""水边平滩"。

③薰：读 xūn。动词，本义是指气味或烟气接触物品，引申为长期接触的人或事物对品行、习惯的影响，即薰染。这里用本义，指初春天气里的草色微微有些泛红似被熏染的感觉。

春雨初晴校园景色

昨夜南风至，今晨细雨迷。

遥遥杨柳色，浅浅水洼泥。

伞盖亭亭舞①，芙蓉袅袅移②。

紫云穿雾破，白鹭举虹霓。

江南春色

最忆江南好，微风四野熏③。

竹篱繁鸟语，柳岸裹烟村。

淼淼沙洲暗，滔滔白水新。

暮云雷乍响，夜雨动花魂。

（中华新韵）

----

①"伞盖亭亭舞"句：指学生撑起的小花伞如荷叶一般亭亭如盖。古人有用"风盖""翠盖"代指荷叶的用法。北周庾信《赋得荷》有"秋衣行欲制，风盖渐应欹。"句。清纳兰性德《金人捧露盘·净业寺观莲有怀荪友》词有"田田翠盖，趁斜阳鱼浪香浮。"句。

②"芙蓉袅袅移"句：指花伞下学生的笑脸如芙蓉一样娇嫩美好。唐代诗人王昌龄的《采莲曲》有"荷叶罗裙一色裁，芙蓉向脸两边开。"句，这里化而用之，以芙蓉代笑脸。

③熏：读 xūn。形容词。温和、和暖的意思。唐代诗人白居易《首夏南池独酌》有"熏风自南至，吹我池上林。"句。

戊戌三月山乡纪行（二首）

其一

几树红桃几树槐，谁家庭院任君猜。

粉墙朱瓦参差落，小径梨花荡漾开。

犬吠柴门迎远客，燕裁新柳惹人来。

闲听笑语银铃脆，醉向游人问"乐哉"。

其二

寻仙何必到蓬莱，山野风光胜紫台①。

翠柳双生情脉脉，红桃多子意挨挨②。

浮云顾影忘归返，紫燕临风迷剪裁。

鸥鹭惊飞天地变，八仙到此久徘徊。

----

①蓬莱：仙山名，后泛指仙境。紫台：神仙居住的地方，后来用紫宫代指帝王所居之所。这里的蓬莱和紫台都是指神仙居住的地方。
②意挨挨：指相亲相爱貌。

春风三首兼题友人樱花照

其一 醉春风

含羞欲笑东风慢，轻折蛮腰试问安。
粉面凝脂霞映雪，明眸半寐醉中看。

其二 笑春风

不引蜂来不引蝶，枝头独占笑春风。
嫣红点点青春醉，雪蕊翩翩戏老翁。

其三 舞春风

袅袅春风借柳裁，轻歌曼舞为谁来？
桃腮一点吟风醉，笑靥几重向日开。

阅海湖①春韵（六首）

其一

春色无涯阅海湾，湖光如梦柳如鬟②。
行人曲径多牵手，走在彩云明月间。

其二

黄昏阅海景无边，月色天光一水牵。
缱绻③蔷薇香阵阵，缠绵桃李子圆圆。

其三

柔情似水水如春，浪涌如眸眸似君。
浩浩随风千万里，一轮明月一重心。

（中华新韵）

----

①阅海湖：阅海湖位于宁夏银川市金凤区，总面积 2000 公顷。阅海湖被称为银川之肾、湖城绿肺。是银川市面积最大、原始地貌保存最完整的一块湿地。翱翔于长空的野生鸟类、游曳于湖底的野生鱼类，还有直立于湖心的植物，都将这里的绿色生态之美展现得淋漓尽致。居住在阅海湖附近的阅海万家，能够日日去阅海湖公园散步，是平生幸事，倍感生活之幸福逸乐，歌而赋之，岂不快哉！

②鬟：读 mán。指美好的头发。

③缱绻：读 qiǎn quǎn。牢结，不离散，多用来形容人和人之间的情意深厚、缠绵恩爱。这里和下句的"缠绵"都运用拟人手法，写草木之深情。

其四

平湖向晚意悠悠，岸柳凭风思旧游。
眉蹙春山些许梦，波横灯影几多愁。
红桃碧水融融月，曲径栏杆浅浅洲。
鱼跃应惊人语响，鹭飞自是彩云求。

其五

薄暮烟岚谁写意，春湖细月两相迷。
纤纤杨柳初成景，婉转黄鹂始见啼。

其六

春来最爱湖山好，光景无端为底柔。
山色含烟如有意，水波蕴翠似多愁。
　风梳岸柳结新发，浪载寒凫寻旧游。
夕照芦花相恨晚，人踪浪迹两悠悠。

夜闻春风有感（四首）

丙申四月十一日。夜大风，如雷贯耳，摧窗闭户，不能寐，忧思春红繁荫，多有夭折。然晨起阳光明媚，了无踪迹，由是喜悦。傍晚散步园中，见人影幢幢，鸟语花香，湖静鸥翔，心境怡悦。得句数首，记之。

其一

清风入夜来，紫岫①拨云开。
万绿皆由彻②，千红竞自嗨③。

其二

丛草蛩音④亮，密林雀语微。
立身犹侧耳，一碧白鸥飞。

----

①岫：读 xiù。原指山洞，这里指形似山洞的云团。
②彻：通透、透彻。这里指万绿澄澈。
③嗨：网络新词。意指欢呼喝彩和高兴。这里喻指千红竞放。
④蛩：读 qióng。本义指蝗虫、蟋蟀的别名。《淮南子》有"飞蛩满野"句。唐代诗人钱起《晚次宿预馆》有"回云随去雁，寒露滴鸣蛩"句。惊蛰时节，春雷乍动，惊醒了蛩伏在土壤中冬眠的动物，才有了蛩音。郑愁予《错误》有"蛩音不响，三月的春帷不揭"句。

其三

天净胡沙远，风轻草自薰。

虫鸣欢野径，游迹向边云。

其四

斜晖湖水静，白鸟岫云翻。

独立生愁绪，随风梦紫萱^①。

---

①紫萱：指萱草，又名忘忧草，吴地书生们叫它"疗愁"。嵇康《养生论》说"萱草忘忧"，古人常以萱草代表母爱。孟郊《游子诗》写道："萱草生堂阶，游子行天涯。慈母倚堂门，不见萱草花。"王冕《偶书》有"今朝风日好，堂前萱草花。持杯为母寿，所喜无喧哗。"

丁酉鸡年正月十四日记事（四首）

其一

春色曦微处，长庚塞外寒。
目随归雁远，心系彩云端。

其二

塞上晨曦早，重檐雀语稀。
旋飞多辗转，远翥①影依依。

其三

才情自愧无，只愿做村姑。
春日屠苏醉，初阳醒鹧鸪。

其四

闲说青梅好，常思竹马来。
才情一日尽，犹可两无猜。

---

①翥：读 zhù。鸟努力向上飞翔的意思。有"轩翥""龙飞凤翥"等。

雨水（三首）

其一

春来把酒觅诗情，醉向群山漫舞觥。
眉蹙犹疑奔万马，眼花恰似浪飞惊。
迷离塞草萋萋远，婉转黄莺恰恰轻。
雨水归时无雨水，幽思邈邈梦青苹。

其二

雨水回春塞上风，小园西畔阅湖①东。
得阳岸柳微微醉，接气芽尖细细红。
鹊喜衔枝忙筑垒，人勤开桄乐田丰。
一年四季风光好，不负青春不负翁。

其三

春日闲愁都几许，晴空弥望意雍雍。
桃花梦里纷纭②树，芳草天涯寂寞踪。
遥向西园寻碧翠，奈何流水绕残冬。
幽思渺渺情何处，接地东风北苑松。

---

①阅湖：指阅海湖。（见前注）
②纷纭：繁盛貌。

惊 蛰

春意朦胧恰似愁，杜鹃缱绻不知忧。

水边老柳扶风醉，泥里新芦着力抽。

乍暖还寒遥见色，半眠半醒地宫幽。

一雷三月惊春梦，蛰户洞开物始周。

春分塞上即景（二首）

其一

春分一半绿^①，雨后两清明^②。

阳雀高枝喜，寒凫浅水惊。

云天闻雁阵，沃野起和声。

目尽春山黛，幽思边草^③荣。

其二

春分塞上气犹寒，破费东风一夜酣。

觉醒短芽才历历，幡然紫日已恬恬。

思乡燕子玲珑舞，弄巧黄莺宛转旋。

稍纵青阳飞逝去，恍然一梦物华残。

（中华新韵）

①一半绿：指春分节气天气变暖，塞草大半转绿的景象。
②两清明：和一半绿对仗，指雨后塞上天地清明的景象。
③边草：边塞之草。此草秋天干枯变白，为牛马所食，入春转绿，因此有边草绿句。

暮春大雪初霁所见（二首）

其一

细柳含烟翠，团花映雪红。

禽飞波荡漾，鸟过影朦胧。

蔼蔼①青云起，融融紫气东。

得阳春意暖，雪润物华工。

其二

弱柳扶风劲，湖城浸雪柔。

飞霞清鸟影，晚照暖枝头。

归雁声声喜，野凫步步悠。

惜时应物候②，荏苒起闲愁。

---

①蔼蔼：ǎi ǎi。温和貌；和气貌。南朝宋鲍照《采桑诗》有"蔼蔼雾满闺，融融景盈幕。"句。

②物候：候读 hòu。季令和气候。

丙申四月旬日银川绿博园①即景

目尽天涯远，春深细草长。

云烟澹澹起，鸟翼徐徐张。

水静花开好，风来岸柳香。

时时追美景，故故②往来忙。

---

①银川绿博园：为银川市承办中国绿化博览会等国际国内大型展会、提升城市品位、展现未来银川和谐辉煌、加快建设绿色生态城市的步伐、为市民搭建人性化休闲娱乐平台而兴建的大型景观绿化园区。位于阅海以东，亲水大街以西，阅海览山路北，阅海环湖路南，总面积5300亩。

②故故：屡屡；常常。唐杜甫《月》诗之三有"时时开暗室，故故满青天。"之句。仇兆鳌注："故故，犹云屡屡。"元李裕《次宋编修显夫南陌诗四十韵》有："时时伤往事，故故寄新篇。"苏曼殊《东居杂诗》之一："却下珠帘故故羞，浪持银蜡照梳头。"故故，还有"故意；特意"的意思。宋徐铉《九月三十夜雨寄故人》诗有"别念纷纷起，寒更故故迟。"之句。清黄遵宪《己亥杂诗》之七三有"衔雏燕子浑无赖，眼见人瞋故故飞。"这里取"常常""屡屡"的意思。

咏桃花（四首）

其一

丁酉三月初六记银川绿博园桃花

塞上春风晚，桃花三两枝。
凌寒心翼翼，向日朵迟迟。
不是羞颜色，惟应怕雪欺。
雪欺还竞放，赤胆报朱曦^①。

其二

丁酉三月记三沙园^②桃花

偏爱桃花好，尤怜颜色娇。
春风千里醉，艳艳共云霄。
枝秀偕天意，色妍赖日雕。
宜家宜子嗣，自古诵桃夭^③。

---

①朱曦：读 zhū xī。即朱羲，太阳。古代称日为朱明，而羲和为日御，合而为"朱羲"。

②三沙园：三沙园位于银川永宁县，贺兰山东麓，永宁县征沙渠东部与引黄灌区交汇处。因浩瀚的沙漠，雄浑壮观近似于原始的沙枣林带及西北特有的数十种沙生植物和沙漠动物而得名，成为娱乐休闲的旅游区。

③桃夭：读 táo yāo。《诗·周南》有《桃夭》篇，赞美男女婚姻，室家之好。后因以指婚嫁。原文为："桃之夭夭，灼灼其华。之子于归，宜其室家。桃之夭夭，有蕡其实。之子于归，宜其家室。桃之夭夭，其叶蓁蓁。之子于归，宜其家人。"

其三

丁西年咏贺兰山①桃花

不羡桃园不羡春，芬芳独在此山村。

风涛慷慨香魂舞，峭壁嶙峋铁骨贞。

笑若紫霞迎旭日，颜如凝雪望归云。

他年我若为青帝②，不负春光不负君。

（中华新韵）

其四

彭阳③山桃花赋

一任寒霜一任风，扎根原在峭崖中。

多情谁信枝如铁，蜜意何须问酿虫。

---

①贺兰山：贺兰山山脉位于宁夏回族自治区与内蒙古自治区交界处，北起巴彦敖包，南至毛土坑敖包及青铜峡。山势雄伟，若群马奔腾。主峰敖包圪垯位于银川西北，海拔3556米，是宁夏与内蒙古的最高峰。为近南北走向，绵延200多公里，宽约30公里，是中国西北地区的重要地理界线。山体东侧巍峨壮观，峰峦重叠，崖谷险峻。向东俯瞰黄河河套和鄂尔多斯高原。山体西侧地势和缓，没入阿拉善高原。

②青帝：司春之神。古代传说中的五天帝之一，住在东方，主行春天时令。唐代黄巢的《题菊花》诗有"飒飒西风满院栽，蕊寒香冷蝶难来。他年我若为青帝，报与桃花一处开。"

③彭阳：指彭阳县，位于宁夏回族自治区南部边缘，六盘山东麓，介于东经106° 32′~106° 58′之间，北纬35° 41′~36° 17′。西连宁夏固原市原州区，东、南、北环临甘肃省庆阳市镇原县、平凉市崆峒区、庆阳市环县等市县。彭阳县属典型的温带半干旱大陆性季风气候，盛产山桃山杏。

咏海棠（二首）

其一　咏白海棠

不夸颜色好，无意醉春风。
锦绣云天外，嫣然百媚中。

其二　咏红海棠

争奇颜色俊，斗艳舞姿舒。
簇簇春光意，雍雍紫日初。

赋老家李子树（二首）

其一

曾误斗芳菲，妖娆引蝶归。
逢君应不识，累累复依依。

其二

李子花开云锦裁，丝丝缕缕自天台。
问花旧事花争语，先父当年亲手栽。
雪蕊犹凝儿女泪，香腮恰似父尊来。
青阳斜照枝枝暖，一片冰心肆意开。

题紫丁香

无意结愁怨，何须问解忧。
丁丁迎紫日，粒粒写春秋。

题长寿花

得阳枝叶翠，春暖色如霞。
莫道盆栽小，应名长寿花。

题西园小草花

雨后西园里，花花竞自开。
不怜生命短，只为报春来。

咏红茶花

绿浓红艳两相宜，庭院斜阳上旧篱。
一任春风无媚态，闲听细雨待佳期。

于长沙初见红梅

梦里几曾见，长沙始得闻。
倚墙花灿灿，清气自凌云。

咏柳（二首）

其一

丁酉三月初四日，黄昏。自胞兄家归返，见街道柳色依依，遂有感而作。

惜春不惧冰河早，感遇道旁作和①声。

玉振慢调流水曲②，金声轻舞凤凰鸣③。

缠绵古意忍相送，留恋诗家托早莺④。

斜照碧天初月净，轻寒拂面觉春行。

----

①和：读去声，意为唱和。

②"玉振"句：玉振原意是指我国古代乐器"磬"发出的声音，在古代奏乐时以击"钟"为始，击"磬"为终，金声玉振的原意为一首完善的乐曲，这里借指古琴之声。玉振还有拟形的作用，因为柳枝初发有凝玉之色，所以用玉振代指柳条。慢调既指手指在琴弦上抚动的动作，又有风吹柳枝轻拂之状。流水曲，指名曲高山流水，这里表达对知音的期盼。

③"金声"句：金声原意是指我国古代乐器"钟"发出的声音，此处泛指乐器之声。亦有拟形之用，因为在夕阳照射下，柳条染上了金色，因此用"金声"代指柳条。凤凰鸣：《诗经·秦风·卷阿》有"凤凰鸣矣，于彼高冈。梧桐生矣，于彼朝阳。"后人以"桐凤之鸣"比喻政教和谐、天下太平。此处借以指"和谐之声。"

④寄早莺句：杜甫有"两个黄鹂鸣翠柳"句。黄鹂俗称黄莺。

其二

依依湖畔柳，袅袅向西斜。

倜傥①憎黄鸟，风流惹浪花。

曾经批媚态，几度判浮华。

心事谁能解，凌寒子自夸。

题山花

独自芬芳独自开，嫣红姹紫见情怀。

不求欣赏不求贵，烂漫春风任我裁。

（中华新韵）

己亥二月忆老家杏花

寻常巷陌老人家，新艳斜依识杏花。

红蕊可曾风蝶舞，芳菲多少酿蜂夸。

斑鸠呼酒②门前柏，布谷催耕梦里娃。

多少春风多少梦，魂牵总在那枝霞。

----

①倜傥：读 tì tǎng。意为洒脱，不拘束。常和风流连用。
②斑鸠呼酒：斑鸠鸟鸣声很像"姑姑——吃酒"，似乎有呼唤"吃酒"之意，因此乡人皆呼斑鸠为"姑姑吃酒鸟儿"。

又见荞麦花

曾是儿时伴，相违十数年。

剪裁云锦绣，引线碎花鲜。

举袂翩翩舞，提裙步步圆。

感恩常记忆，慈母指教全^①。

---

①慈母指教全：在民间有这样一个传说。很久很久以前，所有的庄稼是浑身结籽的。人们粮食富足，生活幸福。一天有位妇女正在和面，看见婴儿屙屎了，就顺手用正在和着的面团擦了婴儿的屁股。这个举动被天帝看见了，大怒，命令众天神下凡来把所有庄稼的籽实都捋去，只在枝干的尖端留下一部分。天神捋呀捋，小麦、谷子、糜子、稻子等都被捋去了大半，捋到荞麦时，天神的手被捋烂了，流下的血把荞麦杆儿都染红了，荞麦便成了红杆杆绿叶叶，并且浑身结籽。母亲经常拿这个故事教育我要珍惜粮食，珍惜大自然给予的一切。

甘霖清夏绿妖娆

夏之篇

夏夜湖边散步即景（二首）

其一

蝉鸣小径幽，雨过夏荫稠。
风藉①苇塘静，月凭碧水流。

其二

小径黄昏后，蜿蜒②自向东。
婆娑③听鸟语，骀荡④舞清风。

---

①藉：读 jiè。同"借"。
②蜿蜒：读 wān yán。原指蛇类曲折爬行的样子，这里形容曲折延伸的样子。
③婆娑：读 pó suō。形容盘旋和舞动的样子。这里指枝叶纷披的样子。
④骀荡：读 dài dàng。舒缓荡漾的样子，常用来形容春天的景色。南朝齐谢眺《直中书省》诗有"朋情以郁陶，春物方骀荡。"句。

塞上夏日雨后即景（三首）

丙申四月旬日，塞北普降甘霖，十七日，雨过天晴，风清气爽，上班虽驱车数十公里，然心情愉悦，特记之。

其一

雨后鸟身轻，羲和①环宇明。
天高平野旷，树静觉风清。
畅意登长路，纵情逆水行。
谁言生计苦，芳草接荒城。

其二

雨过天初净，风烟一洗空。
沁心花艳艳，扑面日融融。
白鸟影如扇，绿禽声似风。
人生常悟美，喜悦写心衷。

其三

雨过燕身轻，重荫夕照明。
捧珠花好意，含露草多情。
小径深幽处，梅花竹叶②清。
鸥随云影尽，日落紫烟横。

①羲和：古代指太阳女神，这里用"羲"借指阳光，用"和"形容阳光和暖。
②梅花竹叶：指小动物们在刚下过雨的小路上留下的脚印。

夏日银川海宝公园^①散步所见（二首）

其一

林深小径空，鞯柳暮蝉风。

过雨疏疏落，流云点点红。

南熏^②烟袅袅，北岫^③雾朦朦。

倦鸟归飞处，斜阳照宿鸿。

其二

天披云锦秀，水共彩霞红。

犬吠声声喜，鸟啼句句工。

杂花欺野蔓，滴露醒鸣虫。

老母身迟缓，白头萱草中。

---

①海宝公园：位于有着"塞上江南"美誉的宁夏银川市，公园以海宝塔为中心，南起上海路、北至贺兰山路、东起民族北街、西至北塔临湖路，总面积约216公顷，其中绿化面积近120公顷、水域面积近97公顷。是市民闲庭漫步、休闲、娱乐、文化的优美处所。

②南熏：指从南边吹来的温暖的风。《吕氏春秋·有始》曰：东南曰熏风。唐代诗人白居易《首夏南池独酌》有："熏风自南至"句。

③北岫：指北山。

细雨黄昏阅海湖畔散步所见（五首）

其一

细雨燕飞促，时而侧俯翻。

蚊虫难保命，稚子盼飧餐①。

其二

孤鹜举云霓，无声过幕②西。

悠悠随水尽，邈邈与山齐。

其三

牛蛙③呼若语，蜂鸟④话如常。

莫道牲⑤无趣，呼爹又喊娘。

---

①飧餐：读 sūn cān。饮食。

②幕：指夜色。夜色犹如巨大的帷幕，轻轻落下。

③牛蛙：蛙科类动物。因其叫声大而得名，鸣叫声宏亮酷似牛叫，故名牛蛙。

④蜂鸟：蜂鸟科。因飞行时两翅振动发出嗡嗡声酷似蜜蜂而得名。体型小，善于持久地在花丛中徘徊"停飞"，有时还能倒飞。

⑤牲：读 shēng。牲灵，泛指动物。

其四

细雨朝颜①好，丛丛向日开。
含珠卿雅雅②，怀玉尔才才③。

其五

采采伊人④艳，关关⑤小径幽。
屐声惊雉起，风信报香囚。

---

①朝颜：牵牛花，一名朝颜。

②雅雅：文雅貌，这里形容外表出众。"含珠卿雅雅"指夏日雨后牵牛花瓣上滚动着露珠，让牵牛花楚楚动人。因此用"卿雅雅"来形容。

③才才：贤才貌，这里形容才华出众。"怀玉尔才才"跟上句相对，形容牵牛花含露之姿态。这两句暗含"尔雅"一词。

④采采：读cǎi cǎi。茂盛，众多的样子。这里指石竹花色彩鲜艳、华彩飞扬的样子。《诗·秦风·蒹葭》有"蒹葭采采，白露未已。"句。毛传："采采，犹萋萋也。"伊人：指石竹花，又叫美人草，是我国传统名花之一。石竹花种类较多，花色鲜艳，花期也长，能从春天开到秋天，温室盆栽可以花开四季。

⑤关关：鸟的叫声。《诗经》的首篇《关雎》有"关关雎鸠，在河之洲"句。南朝王籍的《入若耶溪》诗有"蝉噪林逾静，鸟鸣山更幽。"句，此处化此意而用之。

塞上雨后即景（三首）

其一

雨后初阳好，来回鹊影新。

碧空无限远，绿地绝涯垠①。

澹澹云烟起，悠悠白鸟频。

小园清露重，无碍采芹人②。

其二

雨后天晴好，沙塬晚照金。

涟漪鸥弄影，荡漾燕擦身。

草长③一坡秀，花开满院薰。

密林藏鸟语，隔叶诉相亲。

（中华新韵）

---

①涯垠：边际。《淮南子·天文训》有"宇宙生气，气有涯垠……"之句。宋苏轼《和犹子迟赠孙志举》有："失身堕浩渺，投老无涯垠"之句。

②采芹人：原指入学，后泛指"生员"和"秀才"。这里一语双关，既指有学问的人，又指采芹菜的人。

③长：读 zhǎng。生长。

其三

雨渐^①沙田争锦绣，云开寥廓竞霞飞。

天光水色相携好，雪影山岚互傍依。

留恋曲桥浑忘返，纵情美景不知归。

甘霖清夏犹欣喜，壮美凤城^②夕照辉。

丁酉夏至随感

细雨三分暑气凉，微风十里草花香。

欢愉不怕车途远，喜悦浑知日月长。

转瞬百年将过半，恍然一梦去流光。

云舒云卷随天意，花落花开莫自伤。

---

①渐：读 jiàn。慢慢地，一点一点地：逐～，～进。

②凤城：指银川城。银川是历史悠久的塞上古城，史上西夏王朝的首都，是国家历史文化名城，民间传说中又称"凤凰城"，古称"兴庆府"、"宁夏城"，素有"塞上江南、鱼米之乡"的美誉，城西有著名的国家级风景区西夏王陵。

雨中荷塘即景（三首）

其一

雨打荷塘静，人来白鹭空。

清圆①存玉碧，菡萏②染烟红。

袅袅裙衫俏，亭亭舞步工。③

欲惊还闭口，遥见一池风。

其二

风过红衣④舞，初阳绿伞⑤圆。

百花争艳艳，怜此独妍妍⑥。

---

①清圆：读 qīng yuán。荷叶。宋代词人周邦彦《苏幕遮》有："叶上初阳乾宿雨，水面清圆，一一风荷举。"句。

②菡萏：读 hàndàn。古人称荷花为菡萏。宋代诗人欧阳修《西湖戏作示同游者》有"菡萏香清画舸浮，使君宁复忆扬州。"句。

③袅袅裙衫俏句：化用朱自清先生《荷塘月色》中描写荷花和荷叶的句子："叶子出水很高，像亭亭的舞女的裙。层层的叶子中间，零星地点缀着些白花，有袅娜地开着的，有羞涩的打着朵儿的……"

④红衣：代指荷花。宋代词人贺铸《踏砂行》有"断无蜂蝶幕幽香，红衣脱尽芳心苦。"宋代姜夔有"鱼浪吹香，红衣半狼藉。"之句，都是描写荷花的名句。

⑤绿伞：荷叶形似伞盖，因此用绿伞代指荷叶。古人还有用风盖、翠盖、荷衣、碧圆、莲田、荷钱等称呼荷叶的。

⑥妍妍：读 yán yán，形容女孩漂亮的样子，出自《魏书·沮渠蒙逊传》。金王若虚《失子》诗有"妍妍掌中儿，舍我一何遽。"之句。"掌中儿"指小女子。此处用来形容荷花含苞娇羞、不事张扬的样子。

其三

微风增水韵，细雨亮花瞳。

红粉娇无力，碧圆若斧工^①。

田田^②珠潋滟^③，湛湛玉玲珑^④。

白鸟悠悠过，苍苔一钓翁。

----

①"红粉""碧圆"句：指荷花和荷叶。

②田田：指莲叶长得茂盛相连的样子。汉乐府《江南》有"江南可采莲。莲叶何田田。"句。

③潋滟：读 liàn yàn。形容水盈溢和水波荡漾的样子。宋代诗人苏轼《饮湖上初晴后雨》有"水光潋滟晴方好，山色空蒙雨亦奇。欲把西湖比西子，淡妆浓抹总相宜。"句。这里用来形容水珠在荷叶上滚动的样子。

④湛湛：读 zhàn zhàn。露浓貌。玲珑：读 líng lóng。原意为娇小灵活之意，指物体精巧细致，这里指荷叶上滚动的露珠圆润活泼的样子。

题晚开夏菊（二首）

其一

夜深万籁^①稀，月晦^②火虫飞。

金蕊^③怜光暗，路边齐举辉。

其二

赤橙黄绿紫，烂漫小园栽。

一任秋霜虐，纵情向日开。

鲜妍羞冠冕^④，锦绣愧衣裁^⑤。

舒意云天好，逍遥上紫台。

- -

①籁：读 lài。原指古代的一种箫。后指孔穴里发出的声音，泛指声响，如"天籁""万籁俱寂"等。

②晦：读 huì。指农历每月的末一天，朔日的前一天。因此有"晦朔"之词。这里指没有月光或者月光很暗。

③金蕊：指盛开的夏菊。夏菊丛聚，花蕊如火柴头般，给人一种能照亮黑夜的感觉。

④羞：使动用法，使冠冕羞。这里的冠冕指色彩鲜艳的帽子。

⑤愧：使动用法，使衣服愧。衣裁即指漂亮的衣服。

丙申四月八日黄昏过唐徕渠^①公园随感（二首）

其一

五月繁荫重，垂垂老夏槐。

鹧鸪才唤子，燕雀已归回。

婉转彩云秀，啁啾花影催。

夕阳情脉脉，曲水意徘徊。

其二

五月夏清长，黄昏水自凉。

人声幽远径，绿影动风墙。

槐蕊雪腮艳，枣花唇齿香。

秋霜遥解意，好雨谢春光。

---

①唐徕渠：又名唐渠，建于武则天年间，后经各代整修，全长322公里，自青铜峡，经永宁、银川、贺兰等向北流去。银川市在唐徕渠边建有公园，为市民休闲之佳境。

夏晨见双鹊，喜而记之（二首）

其一

喳喳两鹊闲，觉醒倚窗前。

娓娓多情话，哝哝有蜜言。

晨晖清剪影，日暖透珠帘。

欲语怕惊鹊，敛声犹自欢。

（中华新韵）

其二

晨光照紫藤，金箭透帘栊。

雀语谁能解，啁啾意几重？

缓声何迫切，急促却呢哝。

静卧凉席上，闲猜异与同。

（中华新韵）

二斗渔村荷塘记事

二斗渔村位于银川金凤区北郊，曾经荷塘百亩，荷叶田田，夏花映雨，秋收嫩藕，冬藏莲根，为市民休闲垂钓之佳境。今夏复访，见荷塘已毁，掘机开进，塔吊层层，不觉黯然返回，记之。

雨里荷花落窦低，沙汀①塔吊数杆齐。

欲关双耳寻幽境，难阻掘机动地犁。

苇荡蒹葭翻作土，鸳鸯鸥鹭傍飞泥。

驱车转向穿尘去，思绪悠悠黯黯题。

咏夏槐

天然香雪腮，朵朵为君开。

貌若冰霜冷，痴心六月槐②。

---

①沙汀：读 shā tīng。水边或水中的平沙地。
②槐：槐、怀谐音。此处一语双关。

题过墙葫芦①

葫芦过女墙，细细诉情殇。
蝶近遥招手，蜂来蜜语长。
藏珠何故落，怀玉为谁忙②？
君看云舒意，闻言报紫阳。

题蕙兰

小序：逛花市，见各色蕙兰，艳压群芳，择一而贾，价格不菲。遂思兰生幽谷方见其品性，繁华闹市之花卉市场，见兰如见小家碧玉之待贾，不禁心生惆怅。

性本怜幽谷，清高独自芳。
不求花色艳，唯愿伴天光。
月出徐徐舞，风来袅袅香。
一朝移闹市，花叶两忧伤。

----

①葫芦：属葫芦科、葫芦属植物，它是爬藤植物，一年生攀援草本，有软毛，夏秋开白色花，雌雄同株，葫芦的藤可达15米长，果子可以从10厘米至1米不等，最重的可达1千克。
②藏珠怀玉：都指葫芦结果后里面的籽实。

题打碗碗花[1]

儿时呼打碗，半百唤朝颜[2]。

烂漫春风引，伶仃秋雨还。

自然多变化，世事藉情缘。

犹记田间影，牵牛[3]上鬘鬟。

（中华新韵）

题马兰花

不羡湘江九畹风，扎根漠北碱滩中。

芳香不为君王佩，雅志无须怨后宫。

叶自修长花自艳，一般苦旱一般红。

应名本是兰花草，不竞繁华不竞功。

花　事

迎春开罢百花芬，万紫千红日日熏。

底事流连浑不顾，东风一路挽留君。

---

①③打碗碗花：即牵牛花，在甘肃静宁一带俗称打碗碗花。
②朝颜：牵牛花的别名。又有"夕颜"之称。

咏牡丹（二首）

其一　咏红牡丹

不藉①春风舞，唯依绿叶红。

深情藏紫蕊，蜜意酿黄蜂。

丽质苍天赋，娇容出地宫。

风流几世误②，不叫半枝空。

其二　咏白牡丹

丽质无需色，清芬厚土栽。

芳心春苑醉，淑色月光白。

妩媚欺风老，妖娆向日开。

素颜犹自艳，风韵任人裁。

（中华新韵）

---

①藉：读 jiè。同"借"，这里是"借助"的意思。
②风流几世误：借用武则天怒贬牡丹的故事。

寄意相思月（六首）

七月十五中元节，传月得一年之佳境，惜阴雨未得见。昨夜彩云追月，月不减十五之神韵，于是开窗邀明月至。天宇一时纤尘不染，独一轮圆月静挂中天，遂得佳句。

其一

寄意相思月，清辉夜夜长。
拂帘舒广袖，照影过花墙。
滴露声声脆，移沙①步步伤。
遥知开紫户，泪眼对清霜。

其二

万姓祈福祉，人间寄意长。
年年正月夜，岁岁洒清光。
冉冉生东海，徐徐过北堂。
自然随造化，天地降吉祥。

（中华新韵）

- -

①移沙：沙，沙漏。移沙代指时间一分一秒移过。

其三

素颜居广汉[①]，无意惹凡尘。

轮转自来去，圆缺故有因。

风霜不改色，雨雪保纯真。

多少人间事，悲欢流照君。

（中华新韵）

其四

明眸半寐半衔哀，豆蔻微开微未开。

扰扰绿云拂晓镜，谁家小女上妆台？

丹唇不染樱桃醉，霜粉薄施雪杏腮。

一笑嫣然寰宇亮，清姿翩若惊鸿来。

---

①广汉：泛指浩瀚星空或宇宙。《诗经·大雅·荡之什·云汉》有"倬彼云汉，昭回于天"句，《诗经·小雅·谷风之什》有"维天有汉，监亦有光"句。

其五

一窗明月半床银，佳句拈来难会神。
仰首中天君自在，清辉不减照凡尘。

其六

夏夜自清凉，南风十里长。
坐观云起舞，静待月推窗。

（中华新韵）

景城公园^①夏日即景

寂寞黄昏寂寞风，景城湖畔凤城东。

鱼翔浅底缠绵乐，鸟啭枝头缱绻中。

欲语怕惊莛草梦，敛声犹自扮渔翁。

浓荫尽处迷归路，乱入斜阳惹宿鸿。

---

①景城公园：位于银川市滨河新区。占地3180亩，是集生态、休闲、娱乐为一体的城市综合公园。

秋气凌霄生瀚海

秋之篇

塞上初秋即景（三首）

其一

几树深红几树黄，谁拿彩笔画秋装？

长空雁字纵情写，大地金风任意狂。

池水加霜颜色好，远山积雪粉腮香。

人生莫道寒秋晚，风物长宜放眼量。

其二

塞上云天万里秋，长风雁阵两悠悠。

飞霜绣锦田园好，滴露清音众响收。

有意方知红叶醉，多情最解燕归留。

人生倥偬①金轮②转，雪鬓几多莫道愁。

----

①倥偬：读 kǒng zǒng。指的是忙乱、事情的纷繁迫促，如，戎马倥偬。

②金轮：喻指太阳。

其三

塞上初秋调色中，明黄暗绿水田工。

平畴漠漠齐边树，芳甸萋萋一水通。

稻黍风来千顷浪，茨乡^①日丽万家红^②。

兰山一望长河阔，漫卷飞云唱大风。

赋山塬秋色（二首）

其一

秋到山塬气象新，淋漓七彩任堆皴^③。

烟青挑雾苍茫色，玉黛铺田浪漫心。

更喜霓虹飞紫甸，漫嗟锦绣舞层云。

天公有意恩情重，仙界人间四季春。

（中华新韵）

---

①茨乡：茨读 cí。指蒺藜类植物。在宁夏，民间俗称枸杞为"茨"，枸杞园为"茨园"，种植枸杞的农民为"茨农"，盛产枸杞的地方为"茨乡"。

②万家红：指家家晾晒枸杞而展现出来的"万家红"的景象。

③皴：读 cūn。国画技法之一。用淡干墨涂染以表现山石纹理、峰峦折痕及树身表皮的脉络、形态。

其二

榆柳染霜颜色好，红橙黄绿竞芳菲。

满山锦绣云霞落，遍地金风稻黍肥。

莫道农家多苦力，筛箩打碾喜新炊。

夫随妇唱惊山雀，欲问仙家归不归。

（中华新韵）

丙申农历七月十八日晨遇雨记事

溽暑才消秋渐融，雨声淅沥几多风。

檐间宿雀晨昏静，小径苔痕早晚红。

懒坐桌前闲用笔，丹青难画自然工。

披衣欲访荷塘去，止步还疑叶叶空。

中秋赋（四首）

其一

秋风才老去，明月已团圆。

世事皆依道，人生顺自然。

花开心驰荡，草落意阑珊。

君看秋霜里，飞霞落满山。

（中华新韵）

其二

细雨随风去，蛩音入梦来。

归人何道晚，待月紫轩开。

其三

秋风才老去，北雁已归来。
草落离人意，花飞游子怀。

（中华新韵）

其四

皎皎中秋万古同，谁言今夜月轮空？
金风不改青蘋志^①，直到云霄闹九宫。

- -

①金风不改青蘋志：先秦宋玉《风赋》："王曰：'夫风始安生哉？'宋玉对曰：'夫风生于地，起于青蘋之末。……'"风生于地，而起于青蘋这种水草的叶尖上。因此，青蘋应该是风的源头。"金风不改青蘋志"喻指金风坚持理想不改初心。

夜归闻虫有记（二首）

其一

夜半虫音密密闻，清风拂袖露华新。

长空一碧明明月，高树繁荫缕缕芬。

栖鹤闲愁惊月影，寒蛩闭口怔归人。

悲秋思饮菊花酒，多病还食百草根①。

（中华新韵）

其二

虫鸣一阵风，寂寞过园东。

月色冷芳甸②，星光清晚鸿。

流萤灯火暗③，蟋蟀和声工④。

叶落寒霜老，更深刻漏空。

---

①百草根：喻指中药。

②芳甸：读 fāng diàn。意思为芳草丰茂的原野。南朝齐谢朓《晚登三山还望京邑》诗有"喧鸟覆春洲，杂英满芳甸。"句。唐张若虚《春江花月夜》诗有"江流宛转绕芳甸，月照花林皆似霰。"句。

③流萤灯火暗：流萤，指萤火虫。

④和：唱和之义，读 hè。

白露日记事

夜夜风来夜夜征^①，一年一度诵秋声^②。

叽叽但^③解寒蛩苦，飒飒谁知落叶惊？

浅唱从来羁客泪，低吟自古思乡情。

无私天地均分季，白露严霜夺夏英。

---

①征：形声字，从彳（chì），正声。从彳，表示与行走有关。《诗·召南·小星》有"肃肃宵征，夙夜在公。"句。《楚辞·九辩》有"独申旦而不寐兮，哀蟋蟀之宵征。"句。此处借指秋气夜行，各种声音杂沓。

②诵秋声：代指秋天到来。宋·欧阳修《秋声赋》有"声在树间""此秋声也"。

③但：徒然。

寒露日记事（三首）

其一

珠坠蛩音闭，月圆四野清。

穿云低绮户，持斗照寒晴。①

世事浮云扰，忧愁碧海盈。

推窗怜影乱，抱枕挑无声。②

---

①持斗照寒晴：斗，星名，二十八宿之一，亦泛指星。这里特指"北斗星"，持斗，形象地表示月光举着北斗星，和北斗星一起照耀着寒晴的天幕。

②推窗怜影乱，抱枕挑无声：借用李白"我舞影零乱"和陶渊明无弦琴的故事。沈约的《宋书·隐逸传》记："潜不解音声，而畜素琴一张，无弦。每有酒适，辄抚弄以寄其意。"唐人修撰的《晋书·隐逸传》中说得更加生动："性不解音，而畜素琴一张，弦徽不具。每朋酒之会，则抚而和之，曰：'但识琴中趣，何劳弦上声！'"。从此以后，家蓄无弦琴便成为陶渊明最有名的逸事之一。后人纷纷附会。李白有"素琴本无弦"（《戏赠郑溧阳》）之句；黄庭坚说"彭泽意在无弦"（《赠高子勉》）"酒嫌别后风吹醒，琴惟无弦方见心！"（《送陈萧县》）都是对陶渊明无弦琴轶事的阐发。

其二

珍珠玛瑙翠凝霜，寒露稻丰山野香。

红叶碧空谁巧手，紫泉^①朱墨^②几人忙？

神功绘就三秋树，妙笔书成四季长。

莫道人工欺造化，天然万物自芬芳。

其三

几番风雨几番霜，金桂失香丹桂黄。

离雁云中曾写意，秋深寒露为谁狂？

- -

　　①紫泉：读 zǐ quán。紫色之泉，神仙饮用的泉水。唐代诗人王勃《怀仙》诗有："紫泉漱珠液，玄岩列丹葩。"句。李商隐《隋宫》诗有"紫泉宫殿锁烟霞，欲取芜城作帝家。"句。这里只用来表示清水。

　　②朱墨：读 zhū mò。原义为红黑两色的墨。也特指用朱砂制成的墨锭。因为古代的公文是用红黑两色写成的，就用朱墨代指公文。这里代指色彩丰富的笔墨。

秋分日记事（三首）

其一

秋分翡翠半红黄，露浸珠帘一夜霜。
寒树鸣蛩声自噤①，暖窗喜鹊影猖狂。

其二

秋分树色红黄绿，月满三秋稻黍肥。
千里相思遥寄意，元知天地借银辉。

其三

九月花如海，秋分暑气消。
雨疏红落寞，风紧绿妖娆。
霜降花花重，露澌②叶叶萧。
人情思远道，雁字报逍遥。

---

①噤：读 jìn。闭口不说话：~口。~声。~若寒蝉。
②澌：读 sī。露坠的声音。李商隐《肠》有"隔树澌澌雨，通池点点荷"句。

霜降随感（二首）

其一

悠悠天地一，容与①鹜孤飞。

霜降随节至，焜黄②花叶衰③。

叶衰才蓄力，得势又光辉。

万物尽如此，人生何必悲。

（中华新韵）

其二

秋随落叶飞，日渐④夜霜辉。

一碧云天远，离鸿万里归。

①容与：读 róng yǔ。悠闲自得的样子。晋代陶渊明《闲情赋》有"步容与于南林。"句。

②焜黄：读 kūn huáng。出自《文选·古乐府＜长歌行＞》："常恐秋节至，焜黄华叶衰。"李善注："焜黄，色衰貌。"

③衰：读 cuī。读音的确立一是为了押韵的需要。衰的意思是依照一定的规律递减的意思。也有衰败减少的意思。后一个衰亦读此音。

④渐：读 jiàn。慢慢地，一点一点地。这里指太阳从东方升起，越来越强的光亮。

秋晨见雀，自喜有记

秋晨，雨后初晴，见檐雀翻飞，遂有句，以和檐雀之喜。

晨光穿紫户，细雨亮清秋。
檐下低飞语，窗前尽展喉。
凌空才远去，回首又啁啾。
极目东方秀，桃花朵朵流。

塞上秋湖赋①

晨光湖色两相宜，翠紫明黄天地曦。
白鸟悠悠双照影，彩云款款舞涟漪。
残荷半卷一池画，密苇迎风满眼诗。
塞上秋来风物好，长空万里尽霞帔。

----

①秋湖：银川市因多湖而得名"塞上湖城"。

秋夜闻风雨有感（二首）

其一

几番寒暑后，一夜老秋风。
花瘦蜂疏远，树单蟋蟀空。

其二

几番骤雨几番风，半夜蛩音半夜空。
草径花疏清露响，东园叶瘦恨匆匆。

秋过黄河有感

车过黄河淡淡忧，无边光景一时休。
飞龙折翼舞龙静，一带苍凉到暮秋。

题秋雨（二首）

其一

灯火闲窗静，雨声蟋蟀轻。

愁因迟暮起，怨为仲秋鸣。

叶瘦随风落，花残结露清。

故乡遥望远，何日再重行。

其二

细雨黄沙地，清风塞上关。

驱车寻古道，欲仿步兵还①。

山路盘云锦，大河②入九寰。

心随天地阔，寄意满秋山。

---

①步兵：阮步兵，阮籍。曾任步兵校尉，世称阮步兵。阮籍（210
年—263年），三国时期魏国诗人。嵇康、山涛、刘伶、王戎、向秀、
阮咸诸人，共为"竹林之游"，史称"竹林七贤"。和阮籍有关的一
个典故是"途穷之哭"，因为阮籍性情独立，经常率意独驾，不择路径，
没有路的时候，就大哭一场而返。

②大河：这里指流经宁夏的黄河。

秋思（八首）

其一

秋到池心冷，寒来天地空。

归飞犹记忆，晚照醉春风。

其二

无端旧梦惹新愁，雨笼寒山烟笼秋。

依旧风光依旧地，登高向晚意悠悠。

其三

物到深秋半掩藏，掐枝落叶卷疏狂。

凭风寄语青山外，一片丹心醉紫阳。

其四

秋意阑珊艳艳天，九霄凝碧惹人怜。

凭空止水添愁绪，一阵风来一阵寒。

（中华新韵）

其五

寒烟成雾雨山愁，白露凝霜塞上秋。
归雁云深难写字，离人路远意绸缪。

其六

红叶知秋意，随风入梦来。
寒蝉清古韵，夜露响新苔。
密密加丝被，层层减钿钗。
遥知山水阔，惜字怕君猜。

（中华新韵）

其七

云天霜叶暖，节气素秋寒。
夕照何曾晚，人生自好①安。
秋香盛②露艳，落木驾风欢。
写意疏林俊，骋怀天地宽。

其八

秋霜湖月净，寸草岁知年。
往者逝川水，今生墟里烟。
菊残犹自喜，木落觉悠然。
归雁衔愁去，西阳照暮天。

①好：读 hào。喜好、爱好。
②盛：读 chéng。容纳、接受之意。

题夕照秋林（二首）

其一

落日怜秋晚，纵情照紫薇。

疏林风叶劲，细草雪霜辉。

归牧牛羊密，寻枝鸟雀稀。

闻韶①伤素手，漫抚乱青衣。

其二

夕照怜秋晚，穿林照地衣②。

微风梳细草，骤雨乱芳菲。

流水伯牙老，高山钟子归。③

寒秋人向日，孤鹜与霞飞。

----

①闻韶：wén sháo。喻听到或看到极美妙、极向往的音乐或事物。出自《论语·述而》："子在齐闻《韶》，三月不知肉味，曰：'不图为乐之至于斯也！'"《韶》，传为舜时的乐名，孔子推为尽善尽美。后以"闻韶"谓听帝王之乐或听美好乐曲。这里借指光与影造成的和谐，犹如音乐一样美妙。

②地衣：指地衣植物，就是真菌和藻类共生的一类特殊植物，这里泛指苔藓之类。

③流水句：俞伯牙从小就酷爱音乐，他弹起琴来，琴声优美动听，犹如高山流水一般。有一天，俞伯牙遇到柴夫钟子期，伯牙弹了一首高山屹立、气势雄伟的乐曲。钟子期赞赏地说："巍巍乎志在高山。"伯牙又弹了一首惊涛骇浪、汹涌澎湃的曲子，钟子期又说："洋洋乎志在流水。"从此，他们结成了知音，这就是著名的"高山流水遇知音"的故事。钟子期死后，俞伯牙认为世上已无知音，把琴摔烂，终身不再鼓琴。

海宝公园晨练所见

秋过荷塘半已残，日初紫岫扫微寒。
野花入径人踪少，高树遮荫鸟语弹。
四季常新图景秀，人生易逝健为安。
打拳踢腿太平剑，短袖长裙舞步欢。

夜雨初晴秋晨所见

初寒霜浸户，折返试衣单。
绕树呼声促，不依为那般？
疏疏巢兀立，瑟瑟痛娘肝。
心性人禽似，凄凄护子寒。

甲午秋九月二十六日晨记事

秋光穿紫户，夜半醒凉几。

回看中天里，云清北斗稀。

卷帘听雪降，拥被抵风袭。

思远青纱起，徘徊斜月低。

（中华新韵）

甲午秋夕湖边散步所见

天地连秋色，弓桥水月同。

寒蛩方闭口，霜叶唱清风。

欸乃①孤舟远，呕哑②白鹭空。

闲听秦戏者，寥落两三翁。

---

①欸乃：读 ǎi nǎi。象声词，摇橹声，文言词语，出于唐代诗人元结的《欸乃曲》："谁能听欸乃，欸乃感人情。"唐代柳宗元《渔翁》诗："烟销日出不见人，欸乃一声山水绿。" 清黄遵宪《夜宿潮州城下》诗："橹声催欸乃，既有晓行船。"

②呕哑：读 ōu yā。象声词，鸟兽声。宋代欧阳修《赠无为军李道士》诗之二有"李师一弹凤凰声，空山百鸟停呕哑。"

阅海之秋（二首）

其一

阅海清秋好，初阳渌水红。
紫烟平地起，青雾向山融。
鸟语疏林静，人来白露空。
寻声移缓步，回首见惊鸿。

其二

雪后夕阳好，驱车往近郊。
绿园清露响，红草覆霜坳。
水净裁鸿影，桥弓映彩鸥。
翩翩双翼过，袅袅尽云霄。

（中华新韵）

赋秋阳普照（二首）

丙申九月初一游北塔公园^①有记

其一

最是清秋好，初阳紫树高。

枝枝铺锦绣，叶叶沐金膏^②。

鹊噪风林密，人闲小径蒿。

雪松强百卉，阵阵唱风涛。

其二

日朗天高树，云清野旷明。

红橙铺锦绣，绿翠作秋声。

稻黍归仓尽，枯禾独自征。

田园终岁好，努力供^③年庚。

---

①北塔公园：银川北塔，又名"海宝塔"，坐落在银川海宝塔寺内，大佛殿和韦驮殿，是寺内的主体建筑。是宁夏始建年代最古老的佛教建筑，为我国首批重点文物保护单位之一。在塔之上，放眼四望，可一览银川塞上江南风貌。北塔公园以海宝塔为中心，南起上海路、北至贺兰山路、东起民族北街、西至北塔临湖路，总面积约216公顷，其中绿化面积近120公顷、水域面积近97公顷。

②金膏：读 jīn gāo。原义指道教传说中的仙药。这里用来指太阳的光线犹如金色的药膏，涂抹在树枝和树叶上。

③供：读 gòng。奉献的意思。有供养、供献、供奉等词。

暮色四合咏秋水

湖衔山色翠，鸟共落霞金。

画影人人远，清风树树深。

时时闻雀语，细细见蛩音。

幽径霜桥①月，横舟望古今②。

秋夜荷塘即景

秋夜荷塘淡淡风，几层潋滟几层空③。

多情最是东流水，脉脉殷勤脉脉红。

---

①霜桥：此句化用唐温庭筠"鸡声茅店月，人迹板桥霜"句。

②横舟：典出唐韦应物"野渡无人舟自横"句。

③潋滟：光耀的样子。唐卢纶《上巳日陪齐相公花楼宴》诗："树色参差绿，湖光潋滟明。"元王子一《误入桃源》有"色笼茐，光潋滟。"句。明代何景明《明月篇》有"初照潋滟黄金波，团圆白玉盘青天。"初秋季节荷花近于凋残，但是还有晚开的荷花，因此就有了"几层潋滟几层空"的感受。

丙申九月初七夜小园散步即景（二首）

其一

蛩音扑面骤如风，暮色阴晴夜转朦。

小径垂杨悬瀑布，桥头灯火半湖中。

长庚才到西天外，弦月已然过碧东。

踽踽常忧花烂漫，徘徊却恨小园空。

其二

晚步秋园静，斜阳暖树西。

菱花波点点，莲叶影萋萋^①。

风过声声寂，觅归翼翼齐。

相携相倚傍，白首老夫妻。

---

①萋萋：读 qī qī。草木茂盛的样子。这里指莲叶倒映在水中由于颜色深重而显出郁郁葱葱的样子来。

咏秋树

黄黄紫紫红红树，浅浅浓浓淡淡风。

任尔寒霜冰雪虐，枝柯总是向晴空。

阅海夕照

秋水连天净，芦花夕照明。

幽幽残盖①躺，缓缓浦鸥②行。

回首银鱼跃，乍听白鹭惊。

光阴寒柳色，日影暖幽蘅③。

---

①残盖：指秋残之后的荷叶。以"盖"指荷叶，古已有之。如宋代苏轼《赠刘景文》诗有"荷尽已无擎雨盖，菊残犹有傲霜枝。一年好景君须记，最是橙黄橘绿时。""擎雨盖"就指荷叶。

②浦鸥：读 pǔ ōu。水边的鸥鸟。唐·杜甫《寄岳州贾司马六文巴州严儿使君两阁老五十韵》有"浦鸥防碎首，霜鹘不空拳。"

③幽蘅：即蘅芜。香草名。唐·孟郊《同年春燕》诗有："幽蘅发空曲，芳杜绵所思"句。

塞上湖城①秋景

芦花飞玉屑，碧水憩寒身。

袅袅一弯翠，鳞鳞满地银。

秋光何怨浅，景色凤城②新。

一望长河阔，贺兰③夕照金。

（中华新韵）

---

①塞上湖城：指宁夏银川市。银川市湿地面积 47000 多公顷，面积在 1 公顷以上的湿地共有 430 多块，其中自然湖泊近 200 块，面积 100 公顷以上的湖泊有 20 多块。银川湖泊湿地分布密度大，在西部干旱半干旱地区少见，被誉为"塞上湖城"。

②凤城：即银川城。

③贺兰：即贺兰山。

秋意（二首）

其一

重阳烂漫红黄紫，细雨横斜戽柳风。

水壅波寒双鹭憩，桥弓步缓几翁同。

贪杯不语秋虫醉，借酒浇愁落叶红。

莫叹人生如草芥，春花秋月自丰功。

其二

常记春光无限好，嫣红姹紫酿蜂飞。

迩来百草寒鸦色①，冷雨凄风又几围。

善解离愁蛩响促，难分别绪燕迟归。

人生自古悲秋意，春夏秋冬四季辉。

----

①寒鸦色：指草受霜后失去水分和光泽的颜色。唐代诗人王昌龄《长信秋词》有"玉颜不及寒鸦色，犹带昭阳日影来"之句。

赋雨后秋晨

有感于秋九月三十日狂风大作，秋雨如麻。翌日风和日丽，碧空尽洗。

劲风摧雨作刀尺，绿树繁阴任剪裁。

拥被卧听敲猛鼓，推窗银箭漫天栽。

天公有意怜幽草，急命青阳[①]化雪开。

日暖晨光穿紫树，风平鹊喜拣枝来。

---

①青阳：《尔雅·释天》："春为青阳。"郭璞注："气青而温阳。"唐代诗人孟浩然《岁暮归南山》诗有云："白发催年老，青阳逼岁初"。此处借指太阳。

秋叶赋（二首）

其一

轻抚丝弦唱素秋，不言憔悴不言愁。

香魂袅袅随风舞，羽化成泥根底留。

其二

素手声声韵，丝弦细细闻。

轻弹遥寄意，抚柱悦清芬。

观菊展（三首）

其一

巧匠胜天工，黄花夺众红。

清霜一任妒，不叫半枝空。

其二

秋光更比春光好，千朵争妍万朵娇。

青帝他年来此地，应惊人事胜天雕。

其三

珊瑚吞水千般态，玉翠生烟万种情。

喜诵菊开铺锦绣，咨嗟延寿^①唱风清。

---

①延寿：菊花雅称"延寿客"。宋吴自牧《梦粱录·九月》："今世人以菊花、茱萸，浮于酒饮之。盖茱萸名'辟邪翁'，菊花为'延寿客'，故假此两物服之，以消阳九之厄。"

寒秋有所思（二首）

其一

千古中秋月，年年到我家。
团圆人所愿，欢聚世情遐。
只恨门前水，奔流无际涯。
人生期许满，觉悟鬓将花。

其二

流沙半夜醒秋月，滴露凝霜惊响虫。
辗转苦思忙遣句，徘徊低语觅诗穷。
纵情复恐无佳境，得意还需韵脚工。
观海登高吟雅颂，抚今怀古唱秦风。

秋树唱晚

夕阳红树好，浓艳斗寒风。
欺雪枝枝热，凌霜子子红。
依依辞落叶，袅袅舞晴空。
任意云天阔，纵情向九宫。

冬之篇

冬／藏／天／地／自／清／高

丁酉立冬日随想（二首）

其一

立冬九月中，明月水天同。

人迹因霜少，虫鸣为露穷。

期期谁解语，艾艾意千盅。^①

沧海浮云过，离鸿唱大风。

其二

四季轮回今日冬，寒云归鹊影龙钟^②。

青春渐逝枝枝冷，　物候^③才分叶叶慵。

善解人情西照暖，堪怜幽草朔风凶。

盛衰成败皆依律，几度萧萧几度丰。

- -

①期期艾艾：读 qī qī ài ài。语出西汉·司马迁《史记·张丞相列传》："臣口不能言，然臣期期知其不可。"南朝·宋·刘义庆《世说新语·言语》："邓艾口吃，语称艾艾。"本意为形容口吃的人吐辞重复，说话不流利。这里用以表达内心复杂而不能用准确的词语表达心情的样子。

②龙钟：读 lóng zhōng。身体衰老，行动不灵便者。这里指归鹊在晚风中行动不便的样子。

③物候：读 wù hòu。是指生物长期适应温度条件的周期性变化。这里指植物在一年的生长中，随着气候的季节性变化而发生萌芽、抽枝、展叶、开花、结果及落叶、休眠等规律性变化的现象。

咏小雪（三首）

其一

白马^①匆匆过，犹如一梦来。
秋残君莫怨，同看六花开^②。

其二

薄雾添寒倦鸟迁，重花絮暖懒人眠。
不知梦里韶光渐，觉醒常思误半年。

其三

思亲常在黄昏后，感物好求萧瑟间。
岁晏^③冬藏天地阔，琼花绣锦寿南山。

---

①白马：即白驹，白色骏马。古人以"白驹过隙"形容时间过得极快。这里的"白马"比喻太阳；隙：缝隙。太阳像小白马在细小的缝隙前跑过一样。

②六花：雪花。宋·楼钥《谢林景思和韵》："黄昏门外六花飞，困倚胡床醉不知。"

③晏：读 yàn。通"安"（ān）。平静、安逸。《汉书·诸侯王表》有"而海内晏如。"句，注："晏，安然也。"

丁酉岁末随感（三首）

其一

岁晚归鸿尽，乡书无处传。
坐观朱鸟①落，起立觉风旋。

其二

岁晚暮云归，斜阳白鸟飞。
起身风渐重，孤影带余辉。

其三

近山知鸟性，临水羡鱼情。
春去三冬②至，雪渐③草木生。

---

①朱鸟：即朱雀，是中国古代神话中的天之四灵之一，源于远古星宿崇拜，是代表炎帝与南方七宿的南方之神，于八卦为离，于五行主火，象征四象中的老阳，四季中的夏季。这里借指太阳。

②三冬：即冬季。清顾炎武《寄李生云霑》诗有"三冬文史常堆案，一室弦歌自掩扉。"句。

③渐：音 jiān。滋润，润泽。《墨子·尚贤下》："日月之所照，舟车之所及，雨露之所渐，粒食之所养。"

咏大雪（五首）

其一

露侵知雪密，风劲夜将长。

曙色惊檐语，叽叽问暖凉。

其二

雪后天晴好，阴霾一扫光。

日晡①云碧透，斜照几层霜。

其三

仙娥舒广袖，玉女舞翩跹。

天地多情意，春回万物宣。

----

①晡：bū。申时，即午后三点至五点。此处指傍晚。

其四

银装素裹尽妖娆^①，丽句清词难画描。
最是天工机巧处，琼花袅袅俏红娇^②。

其五

近来人事半消磨，杂念欲求有几多。
晨诵诗书情自乐，夜听雪落熠^③心河。

- -

①妖娆：音 yāo ráo。指娇艳美好的颜色或事物。
②红娇：指雪压鲜花的情景。
③熠：音 yì。光耀、鲜明。这里是使动用法，使心河熠熠生辉。

冬日黄昏西园即景（六首）

其一

向晚西园静，人来鸟自惊。
闻声不见影，落日苇塘清。

其二

莫道枝枝瘦，删繁叶叶精。
冰肌留玉骨①，日日唱风清。

其三

贺兰东麓小园西，阅海湖平云脚低。
鹊拣暖枝忙筑垒，鸭寻寒苇暂安栖②。
疏林默默斜阳晚，衰草凄凄紫雾迷。
莫道今生时运短，明朝焕彩舞虹霓。

---

①冰肌玉骨：古人以"冰肌玉骨"比喻梅花的与众不同。这里借指冬天的树干和树枝。
②栖：音 qī。指鸟雀安歇。

其四

冬园疏静气萧萧，晚照多情脉脉烧。

拼尽余晖传暖意，欲将全力换春朝。

其五

霜寒雪降已冬深，草木萧疏①玉骨沉。

小径风轻听落叶，茅亭鹊冷对花荫。

湖天映月飞霞翠，暮色空蒙远岫金。

万籁藏声时令晚，苇塘宿客自清音。

其六

黄昏瑟瑟向疏林，落木萧萧处处寻。

婉转黄莺贪暖意，旧家燕子觅新音。

多情唯有金乌②好，拼尽余晖照景深。

莫道冬寒颜色少，豪华落尽见初心。

①萧疏：音 xiāo shū。指凄凉的，孤寂的。清冷疏散，稀稀落落的。
②金乌：古代神话传说太阳中有三足乌，因此用为太阳的代称。唐代李涉《寄河阳从事杨潜》诗有"金乌欲上海如血，翠色一点蓬莱光。"句。

赋小寒日瑞雪（三首）

其一

谁解苍天意，挥毫美意宽。

柔情调笔墨，慷慨铸阑干①。

曼舞箫声远，轻歌彩袖欢。

江南传塞北，大爱不思寒。

其二

红日开云锦，阴霾一扫无。

气清天广阔，日暖雀欢呼。

郁郁窗前叶，青青枝上珠。

得阳心自悦，骋目尽平芜②。

----

①阑干：音 lán gān。原意为纵横散乱貌、交错杂乱貌。这里指雪纷纷扬扬，下得很大。唐代诗人岑参《白雪歌送武判官归京》有"瀚海阑干百丈冰，愁云惨淡万里凝。"句。

②平芜：草木丛生的平旷原野。

其三

小寒晨雾重，晴雪暮云低。

荏苒已终岁，蹉跎半百齐。

登高风瑟瑟，骋目草凄凄。

远岫连天暗，长河落日西。

立冬翌日见鹊有感

立冬翌日细雨霏霏，霜树萧瑟，衰草无边，见鹊双双，衔枝垒窝，感而记之。

细雨敲窗落叶轻，寒霜凝露草虫惊。

绵绵不尽秋风老，暧暧^①无边塞草清。

檐雀傍人寻暖意，夜枭逐火卧檐楹。

轻挪脚步轻收笔，怕扰西邻两鹊行。

---

①暧暧：读 ài ài。迷蒙隐约的样子。陶渊明《归园田居》有"暧暧远人村，依依墟里烟。"之句。亦指阳光温暖的样子。

小雪节气即景（三首）

其一

小雪来时雨，凝寒待露晞。

竹篱黄叶聚，天地纵横依。

觅字思秋雁，寻声忆北归。

斜阳洼水浅，举翼彩霞飞。

其二

晨曦穿紫户，秋树舞红衣。

抬首云天碧，凝眸旷野辉。

高天知雀懒，故故①借枝依。

因念行人远，欲牵日影飞。

---

①故故：读 gù gù。故意；特意。宋徐铉《九月三十夜雨寄故人》："别念纷纷起，寒更故故迟。"清黄遵宪《己亥杂诗》之七三："衔雏燕子浑无赖，眼见人瞋故故飞。"此处指高天送日至树西，雀拣西枝而栖。

其三

一抹微寒上小楼，目随落日大江头。

云天一碧风烟尽，寒树换妆华彩留。

欲寄相思归雁去，转忧为喜赏闲愁。

轻移脚步轻倚柱，且看红衣①舞劲秋。

---

①红衣：这里指红叶。

大寒日记事

节令大寒未有寒，依窗独坐对春酣。

门前杨柳着新色，园里桃枝换旧衫。

咕嗫①低吟愁绪乱，昵哝唱和②雀声欢。

紫烟穆穆③群山黛，落日熙熙④水榭闲。

（中华新韵）

岁末湖畔散步即景

岁晚黄昏寂寞风，疏林湖畔少人踪。

孤飞鸦鹊徐徐乱，群舞芦花渐渐空。

紫气融融朱鸟⑤落，金星点点暮云横。

回身惊见团圆月，始悟相思天地同。

（中华新韵）

---

①咕嗫：音 tiè niè。低语。

②唱和：和读 hè。指应和对唱。

③穆穆：读 mù mù。原指人的态度端庄恭敬或仪容、言语和美的样子。这里用来形容烟雾缭绕静穆、肃穆的样子。

④熙熙：读 xī xī。原指温和和欢乐的样子。这里用来形容落日温暖和明亮的样子。

⑤朱鸟：即朱雀，是中国古代神话中的天之四灵之一，源于远古星宿崇拜，是代表炎帝与南方七宿的南方之神，于八卦为离，于五行主火，象征四象中的老阳，四季中的夏季。这里借指太阳。

己未冬十一月初三雪后游西夏公园即景

琼花生玉翠，绿砌踩冰晶。

画意斜阳远，诗情湖水平。

鸟鸣重①暮色，人迹暖孤行。

簌簌风怡悦，盈盈舞絮②轻。

初冬游黄河古渡即景

驱车访景逆风寒，沙海斜阳一望宽。

紫气雍雍③归雁尽，疏林瑟瑟④暮鸦盘。

登高觅句长河远，临水吟诗落日丹。

遥想当年船父在，轻扶双桨过飞湍。

---

①重，读 chóng。一层一层反复铺开。

②舞絮：指风吹来树上的雪沫儿纷飞犹如舞絮。

③雍雍：读 yōng yōng。和谐融洽的样子。这里指落日余晖和大地升腾的雾气相融合。

④瑟瑟：读 sè sè。形容风声或其他轻微的声音，或者因发冷而颤抖的样子。此处二者意义兼用。

大雪初霁即兴（二首）

其一

也无柳絮也无梅，瀚海琼花一树槐。

袅袅香飘霜落寞，亭亭风动影徘徊。

雍雍广漠冰姿秀，款款长河白玉堆。

天若有情天亦老，一抔①热泪待春回。

其二

不为相思不为愁，闲情信步借调②休。

画亭寂寂人踪远，小径空空积雪留。

日暖迎风迷鹊影，天晴送目几重忧。

跫音轻叩霜桥冷，萧瑟裹衣独自游。

---

①抔：读 póu。原指用手捧住东西。也用作量词。比如一抔土，一抔热泪等。

②调：读 tiáo。调节、调配。

题枝头喜鹊

独立晨霜何所忆，寒枝向日借光辉。

忽而举翼南飞去，当是闻声子盼归。

雪　赋

　　乙未秋末，天低雾重，风清气烈，浑身似有冰水浸润，疑有雨雪，得句"天低欲雪无"？后无接续，自思无咏絮之才，悻悻作罢。午睡布衾薄寒，辗转难眠，起如厕，蓦回首，见窗外茫茫一片，似浓雾蒸腾，细看则纷纷扰扰，如羽化仙女，袅袅婷婷，其态轻柔，其姿曼妙，其情自在，于是驻足观望，不知雪之你我。似有千言万语，却无以成句。今夜偶得，虽欠工整，亦表情达意矣，特记之。

天低将欲雪，回首已翩翩。

袅袅舒长袖，盈盈舞步欢。

倚窗独自立，得意久无言。

接地成佳酿，遥知万物喧。

（中华新韵）

101

甲午冬月夜雪晨阳自喜有感

一夜风声紧，半晨霜雪寒。

气清天似海，日暖草如澜。

露重花颜润，云轻鸟翼端。

骋怀三界外，喜悦舞层峦。

雪夜驱车值班即景

北风卷地气蒸腾，吹雪成烟星斗横。

灯火前程穿彩线，夜深万籁阒①无声。

乾坤朗朗流光满，寰宇疏疏银粟②空。

羊角扶摇③拔地起，冰花劲舞子时钟。

（中华新韵）

----

①阒：读 qù。形容寂静，如：阒无一人。阒然无声。

②银粟：读 yín sù。比喻雪花。宋代杨万里《雪冻未解散策郡圃》诗有"独往独来银粟地，一行一步玉沙声。"的句子。

③羊角扶摇："扶摇"本是由下向上刮起的暴风，是说乘风上升的意思。羊角弯曲像旋风的样子，所以称旋风为"羊角"。《庄子·逍遥游》有"抟扶摇、羊角而上者九万里。"的句子。

咏冬园夕照

冬园西照晚，寂寂复融融。

喜鹊来回返，疏林错落空。

虹桥存月影，小径寄荷风。

无意惊灰雀，叽喳过苇丛。

壬辰冬至日登楼有感

瀚海平沙地，归飞绕树寒。

西风呼地响，愁绪动阑干①。

犹记千红落，常思秋月残。

怀亲冬至日，望远祝平安。

---

①阑干：一指纵横交织貌，比如"瀚海阑干百丈冰"；二指泪流满面，也有涕泪交流的意思。三是借指北斗星。明杨基《岳阳楼》诗有"春色醉巴陵，阑干落洞庭。"句。这里泛指"星辰"。

岁末感怀（四首）

其一

亲人疏远久，故友不相闻。
碌碌一年过，惶惶岁月纷。
披星匆步履，戴月倦归云。
渠畔随流水，悠悠寄晚曛。

其二

转瞬严冬至，匆匆又一年。
人生将过半，惴惴滚油煎。
早岁不知事，夸夸比圣贤。
而今尝五味，闭口对凉天。

其三

岁晚阳春始，人生半百赢。

四时秋夏好，日月正中行。

慈母尚康健，后人事业精。

青山西照翠，沧海一轮清。

其四

淼淼热肠嗟，光阴似水奢。

才迎春日至，又送几重花。

雁字来回写，鸿飞无际涯。

青阳才解意，啿啿①已芳华。

- -

①啿啿：读 dàn dàn，丰厚貌。《汉书·礼乐志二》："群生啿啿，惟春之祺。"颜师古注："啿啿，丰厚之貌也。"

咏雪中红果① (二首)

其一

任凭霜雪任凭风, 点点晶莹点点红。

不与群芳争紫日, 凌寒独自醉晴空。

其二

不寄相思不寄愁, 西风猎猎上枝头。

霜寒不改平生志, 雪润方知子自由。

初冬郊游于沙砾中见小花

冬日相逢野草花, 伶伶兀立映红霞。

笑容烂漫凌霜雪, 憨态芬芳傲紫沙。

俯首纤纤闻蜜语, 躬身细细有清嘉。

风寒不惧浑不怕, 绽放从来任自家。

----

①红果: 在银川, 冬天树上挂着红果的植物有两种。一是金银木, 也叫金银忍冬。开白花, 结红果, 它的红果较小, 如樱桃一般, 色泽鲜艳。秋天结果, 冬天落光了叶子, 唯红豆在枝, 经霜不衰, 雪中尤其红艳光洁。第二种是秋海棠的果儿。此果稍大, 皮粗糙, 少光泽。成紫红或者深红。因为是观赏海棠, 果实口味苦涩, 秋冬不落果, 成了鸟雀的食品。

高／山／流／水／声／声／韵

亲友篇

中秋夜有寄

小序：丙申中秋，母独处老家，而父离世已六载有余，想人生在世，大概不能永全，于是心生遗憾，久不能寐，有记。

月到中秋人影单，遥怜老母泪阑干^①。

焚香供月迟迟影，点火推窗久久看。

盈手清凉无处赠，锦衾絮暖梦犹寒。

人生自古重团聚，世事从来圆满难。

----

①阑干：读 lán gān。横流的样子。这里指老母泪流满面的样子。

题母亲手绣玉兰图（三首）

其一

回望瑶池里，一枝红艳开。

感恩慈母意，不叫素颜来。

其二

不为芬芳不为俏，一枝红艳透云霄。

素颜本是玉兰色，锦绣原来慈母挑。

其三

含羞欲问春，闭口敛装裙。

憨态东风笑，娇姿旭日亲。

素颜描锦绣，白发写青春。

独立枝头俏，何怜绿叶珍。

（中华新韵）

题母亲手绣牡丹图

国色雍容贵，天香寓意长。

嫣红才晕染，姹紫已深藏。

绿叶随风舞，朱丹映日狂。

春晖慈母意，绣线吐芬芳。

赋母亲为父亲手绣兰花枕头

细叶随风绿，幽芳向日红。

银针牵厚意，锦线锁初衷。

志雅藏幽谷，相亲席枕中。

芳菲虽已老，情意两融融。

和长兄①回乡诗

故乡千里外，隔远数重山。

驰骋一风顺，舒怀半日闲。

山川弥望里，彩绘满塬间。

亲友多牵念，吟诗紫燕②还。

寄女儿③

皎皎吾家爱，骄骄意逞豪。

红妆研稻黍，素手弄莪蒿。

伏案青丝秀，培华四野膏④。

民生衣食大，济世赋滔滔。

---

①长兄：长兄邹鹏。曾有回乡诗一首，喜而和之。原诗为：葱茏乔木入云端，七彩山间尽沃田。夏麦金黄腾细浪，秋禾势茂翠生烟。山花烂漫蜂蝶舞，五谷飘香燕雀喧。犹敬铁肩劳作苦，荒山秃岭换新颜。

②紫燕：唐顾况《悲歌》："紫燕西飞欲寄书，白云何处逢来客。"此处以紫燕代书信。

③女儿：女儿昊青，西北农林科技大学本科、硕士；中国科学院南京土壤研究所博士研究生在读。专攻植物营养专业。有感于女儿立志于农业科技，写此诗以寄之。

④膏：读gāo。本义是指脂肪或很稠的糊状的东西，引申为物之精华。这里取膏腴（gāo yú）之意，就是让田野肥沃。

寄友人（五首）

其一

辗转夜阑珊，披衣觉露寒。

瑶琴如有意，不在客中弹。

惆怅移孤影，徘徊望月残。

鹿鸣[1]犹记忆，班马[2]且吟安。

其二

音信不闻久，佳期梦里寻。

朝晨[3]风北至，夜半露西侵。

觉醒怜幽草，披衣诵《子衿》[4]。

知秋一叶落，遥寄满园金。

---

①鹿鸣：《小雅·鹿鸣》作为早期的宴会乐歌，后来成为贵族宴会或举行乡饮酒礼、燕礼等宴会的乐歌。东汉末年曹操还把此诗的前四句直接引用在他的《短歌行》中，以表达求贤若渴的心情。及至唐宋，科举考试后举行的宴会上，也歌唱《鹿鸣》之章，称为"鹿鸣宴"。后人常以"鹿鸣"代指朋友之间友好来往的美好情谊。

②班马：离群的马。《诗经·小雅·车攻》有："萧萧马鸣。"唐代诗人李白的《送友人》有"挥手自兹去，萧萧班马鸣。"这里用来代指友谊。

③朝晨：朝读 cháo，早晨。汉·阮瑀《杂诗》："鸡鸣当何时，朝晨尚未央。"

④子衿：见《诗经·国风·郑风·子衿》"青青子衿，悠悠我心。"子衿原指周代读书人的服装。后代指人。此处即指所思之人。

其三

日近晨光照北庐，帘栊轻挑紫窗虚。
呼晴檐雀啁啾乱，向暖琼枝湑湑^①舒。
寒雁长鸣人字慢，霜天一色岫烟徐。
问君安好凭秋叶，红树随风漫卷书。

其四

思君凭小雪，辗转咏凉天。
花叶咯吱落，何人醉里眠。

其五

袅袅飞鸿影，依稀梦里颜。
垂髫^②牵总角^③，拾豆上南山。

---

①湑湑：读 xǔ。茂盛的样子。
②垂髫：垂髫，音 chuí tiáo。古时儿童不束发，头发下垂，因以"垂髫"指儿童。语出陶渊明《桃花源记》："黄发垂髫并怡然自乐"。三四岁至七岁（女）、八岁（男）的儿童可以称为垂髫。
③总角：古时候女孩八岁、男孩九岁至十四岁会将头发分作左右两半，在头顶各扎成一个结，形如两个羊角，故称"总角"。

逢秋忆素丽①

思秋塞上宵，稻黍浪如潮。

碧水人家绕，红棵②满画桥。

相携西照晚，絮语月华遥。

不立金兰③誓，从来是故交。

（中华新韵）

---

①素丽：素丽为大学同学张素丽。素丽与我同舍同班四年，可谓晨昏与共、形影不离，后同在吴忠实习。此诗"思秋塞上宵"句就指金秋时节和素丽在吴忠郊游的情景。

②红棵：即红树。特指秋天的树。

③金兰：说法来自《世说新语·贤媛》"山公与嵇、阮一面，契若金兰。"这个说法大概来自于《易·系辞上》：二人同心，其力断金；同心之言，其嗅如兰。"后人根据这些典故，把朋友间情投意合，进而结为异姓兄弟或姐妹，称结金兰。

题克俭^①奇石（二首）

其一 深情

芳魂亿万年，天地铸情缘。

携手可填海^②，同心能补天^③。

风霜成玉品，岁月绣云烟。

剔透书胸臆，晶莹作郑笺^④。

其二 浴火

五色^⑤出昆仑，春风识旧痕。

青春曾浴火，烈焰耀乾坤。

矢志补天阙^⑥，牵情苍海根^⑦。

干戈非所愿，所愿在安民。

（中华新韵）

---

①克俭：即小学同学邹克俭。克俭善藏奇石，喜为所藏奇石命名。"深情""浴火"即奇石名。

②填海句：精卫填海，出自《山海经·北山经》。相传精卫本是炎帝神农氏的小女儿，名唤女娃，一日女娃到东海游玩，溺于水中。死后其不平的精灵化作花脑袋、白嘴壳、红色爪子的神鸟，每天从山上衔来石头和草木，投入东海，然后发出"精卫、精卫"的悲鸣，好像在呼唤着自己。

③补天句：根据《史记·补三皇本纪》记载，水神共工造反，与火神祝融交战。共工被祝融打败了，他气得用头去撞西方的世界支柱不周山，导致天塌陷，天河之水注入人间。女娲不忍人类受灾，于是炼出五色石补好天空，折神鳖之足撑四极，平洪水杀猛兽，人类始得以安居。

④郑笺：借指注释。引申为一种无语的象征。

⑤⑥⑦暗合女娲炼五彩石补天、精卫鸟衔石填海一说。见于《山海经·北山经》。

寄老朋友①

丙申三月暮春和老朋友夜谈通宵，其乐融融，记之。

紫壶白水煮红茶，华发笑颜细细呷。

还记寒窗同枕簟，常思冷雨共棉袄。

万般心事因杨柳，满腹犹疑解豆花②。

岁月匆匆如梦过，青春袅袅几重霞。

（中华新韵）

---

①老朋友：丙申三月暮春和高中同窗雍弟子（雍梅）、芳琴（沙芳琴）在芳琴家彻夜畅谈，有记。

②豆花：这里以豆花代指"豆荚"。豆荚，豆科植物特有的果实类型。这里指豌豆荚，是小时候常食的食品。朋友间常以豆荚为礼品。

三十年同学会记事兼忆老同学（三首）①

其一

卅年离久再重逢，换盏推杯寄意浓。
尊姓大名才问罢，转身揖拜复询宗。
微酣旧事杯中醒，浅醉新愁梦里溶。
欲问当年青鸟讯，蓬山此去路千重。

其二

分离才弱冠，相见认相难。
鬓角藏行迹，容颜隐暖寒。
何人分苦痛，谁与汝同欢？
半百风霜里，晨昏共饭餐？

①题解：1981 年中学毕业至今已有三十八年余。忆往昔青葱少年，今亦垂垂老矣，相见而不相识，识名而不识人矣。因此，有"尊姓大名才问罢，转身揖拜复询宗"之事。

其三

可否忆南川，还曾记少年？^①

红桃织锦绣^②，紫树绘云烟^③。

脉脉黄昏后，盈盈碧水前。

风林红叶纸，叶叶作华笺^④。

---

①可否忆南川，可曾记少年：南川，中学时代最美好的记忆。中学设在小镇，小镇无以娱乐，唯南川可观，春有桃林一片，如云影霞彩；夏有青草郁郁，如烟影层叠；秋来红叶翩飞，艳极生悲。中学阶段读书畅怀，皆在南山。

②红桃织锦绣：红桃夭夭，如霞似雾，为南山一大景观。曾相约女伴徜徉桃花林中，憧憬未来，畅想前程，心中难言之情，难掩之意，皆借桃林赋之诉之。

③紫树绘云烟：南山之秋，桃叶紫红，草黄山青，别有情致，亦别有风韵。天色将暗、暮色四合之时，南山烟岚袅袅，如举翼大鸟从天而降，令人心生惆怅，又别有遐思。

④风林红叶纸：正如《诗经·静女》"静女其娈，贻我彤管。彤管有炜，说怿女美。"普通草木在情窦初开的少男少女心里，是无比珍贵的宝物。其实珍贵的不是礼品本身，而是它所代表的意义。"风林红叶纸，叶叶作华笺"就是这个意思。夹在笔记本里的红叶，有时也代表着爱情和友谊。

忆芳华（三首）

丙申大暑，文爽自杭州来宁，部分同学小聚相迎，话友情爱情亲情，有感而记之。

其一

青春作伴诗书好，壮志豪情任自由。

湖畔浅吟风雅颂①，临河高唱两雎鸠②。

登山喜作离骚体，观海常思天地悠③。

荏苒光阴虚掷去，重逢犹记少年愁④。

---

①风雅颂：代指《诗经》。《诗经》是我国第一部诗歌总集，收集了西周初年至春秋中叶的诗歌共305篇，分为风、雅、颂三个部分。

②雎鸠：鸟名。《诗经·周南·关雎》就是一首以雎鸠鸟起兴的诗："关关雎鸠，在河之洲。窈窕淑女，君子好逑……"雎鸠鸟经常成双成对出现，因此，本诗有"两雎鸠"之语。

③观海句：借用曹操《观沧海》"日月之行，若出其中。星汉灿烂，若出其里。"的宏大意境和陈子昂的《登幽州台歌》"念天地之悠悠，独怆然而涕下"的意境，表达恰同学少年时的激情澎湃和壮志满怀。

④少年愁：辛弃疾《丑奴儿·书博山道中壁》有"少年不识愁滋味，爱上层楼。爱上层楼，为赋新词强说愁。而今识尽愁滋味，欲说还休。欲说还休，却道天凉好个秋。"这里特指少年时的抱负和理想。

其二

年后喜逢亲，重游景物新。

风梳湖畔柳，莺啭小楼①春。

晏晏②犹存耳，叨叨③恍若真。

晴空排鹤去，邈邈复氤氲。

其三

半百春秋过，知交卅载前。

抵头多蜜语，携手为相怜。

喜乐同分享，悲欢共比肩。

红楼犹记忆，青鸟梦魂牵。

---

①小楼：指宁大老校区西门南拐角处的小红楼，最早供青年教师做宿舍。我们初进校时住在小红楼，留下了深刻的印象。"红楼春"既指季节的春天，又指红楼的春天，更指我们这些年轻学子生命的春天。

②晏晏：读 yàn yàn。和悦貌。出自《诗经·卫风·氓》"总角之宴，言笑晏晏。"。

③叨叨：读 dāo dāo。没完没了地说。

赋春分日老朋友^①相聚

春分一半雨烟同，紫气双生天地工。

堤柳藏鸦眉眼绿，井葵盛露叶尖红。

驱车不怕前途远，访友何妨两袖空。

饮罢春风相约醉，花前置酒月明中。

---

①老朋友：丙申春分日和大学同窗好友任建平、张素丽赴永宁访谢玉珍有记。

入朗诵家协会谢同行

　　丙申孟冬旬日，吾与三十余人齐集一堂，吟诗读赋，慎重庄严，受大家评判，今日接到入会通知，甚喜，因赋拙诗一首，抒胸臆也。

　　孟冬叶落起寒凉，室内春光暖意扬。

　　浅唱低吟风雅颂①，曲回婉转九歌章②。

　　太平盛世人情美，乐业安居幸福长。

　　更喜江山如画卷，抒怀畅诵国家强。

------

　　①风雅颂：为《诗经》的三种体裁，这里代指中国第一部诗歌总集《诗经》。

　　②九歌：指《九歌》。是《楚辞》的篇名，原为中国神话传说中的一种远古歌曲的名称，战国楚人屈原在楚地民间祭神乐歌的基础上改作加工而成，诗中创造了大量神的形象，大多是人神恋歌。《九歌》共十一篇：《东皇太一》《云中君》《湘君》《湘夫人》《大司命》《少司命》《东君》《河伯》《山鬼》《国殇》《礼魂》。

戊戌三八节赞女同胞

雨润千山秀，云开万朵红。

柔情催百卉，肝胆作和风。

无　题

慢火煎熬密密香，芳华谢蕊做羹汤。

谁言汁苦利于病，良药从来不疗伤。

遥贺同学三十六年重聚

（七言排律）

桃红柳绿时光好，故里青春义气高。

常忆林中谈理想，总思梦里逞英豪。

凉床斗室人情暖，土豆干粮友谊牢。

画地为书情切切，拈花作信赋滔滔。

少年心事何人解，忍见风霜染鬓毛。

丙申猴年农历三月二十六日为
叔母烧复三纸遇雨有感①

复三新纸泪惊天，化作甘霖润万千。

新绿集成枯叶老，杂花开尽果蔬鲜。

人生代代无穷已，寿限常常有岁年。

别绪离愁何处寄，雁行托梦紫云边。

己亥暮春，为二妈烧三年纸有感

此声哭罢觉春空，多少念牵烟雨中。

忍顾新坟成旧土，那堪衰草又朦胧②。

萋萋垄畔抱娘草，烈烈南山呼子风。③

别却还思来处路，从今天地任飞鸿。

---

①叔母：即二叔振铎之妻淑英，侄辈惯称二妈，柴姓，生于1941年9月18日，卒于2016年3月22日。

②朦胧：一指泪光朦胧，又指细节隐隐生发。

③抱娘草、呼子风句：出自《诗经·小雅·蓼莪》。抱娘草，指蓼莪，其香美可食用，并且环根丛生，故又名抱娘蒿，后喻人成材且孝顺；呼子风：化用《诗经·小雅·蓼莪》中"南山烈烈，飘风发发。民莫不榖，我独何害！南山律律，飘风弗弗。民莫不榖，我独不卒！"句，表达父母对儿女的抚爱和儿女对父母的欲报不能的遗憾。

己亥仲春悼丁大平^①老师

新春塞上柳如烟，缕缕丝丝忆旧年。

不忍相思聊寄意，曲闻折柳泪阑干。

龙钟又见匆匆影，拭目却无夹克衫^②。

回首东风云锦绣，悠悠吹去几重山。

（中华新韵）

---

①丁大平：原宁夏固原民族师范校长。于 2019 年 3 月 29 日在银川逝世，享年 74 岁。丁大平老师既是我的恩师又是我母校的老领导、老同事，他平易近人，宽厚仁爱，清正廉洁，光明磊落的一生永远值得我们纪念、学习、尊重。他博学多识，谆谆不倦，为师向学，堪称楷模，值得我们用一生去追求、向往。

②夹克衫：丁大平老师常穿灰色（颜色业已泛白）的夹克衫。蓝裤灰夹克是他典型的装束，给师生留下深刻的印象。

赋大学同窗好友建平[①]

（五言排律）

常忆初相见，殷勤胜故交。

明眸如皓月，笑靥若红桃。

顾盼多情意，扬眉显自豪。

拳拳低首诉，眷眷语同袍。

喜乐共分享，忧愁互代劳。

倏然三五载，儿女各自高。

念念云天暖，期期碧海涛。

（中华新韵）

---

①建平：任建平。1989 年 7 月毕业于宁夏大学汉语言文学专业。自治区级中学骨干教师。中学高级教师。现就职于宁夏育才中学。

遥和丽君①

（五言排律）

故友来远方，激情肆意张。

相邀达旦晤，因事不得偿。

半夜忽惊醒，愁肠入梦乡。

瞬忽在东隅，忽见在西场。

笑谈访古堡，欢颜论夏王。

喊喊说不尽，娓娓叙情长。

辗转不复睡，金乌暖东床。

---

①丽君：即高丽君。高丽君，女，宁夏作协会员，中国散文家协会会员，江山文学网签约作家。现为宁夏固原五中高中语文教师。2018 年 10 月，散文《1982 年的水和书》获第 27 届"东丽杯"全国孙犁散文奖。

紫日雒雒忆雁踪

行吟篇

秋过塞上即景（八首）

其一　初出凤城①

秋风平野阔，颗粒尽归仓。
银箭穿青雾，高枝照紫光。
依依飞鸟过，款款彩云翔。
驰骋阳关道，纵横我自狂。

其二　车过中宁②

中宁风物好，四季景不同。
春暖禾苗绿，夏清枸杞红。
秋来霜枣艳，冬至碧天空。
丰产人灵秀，依河建大功③。

---

①凤城：指宁夏首府银川市。传说，凤凰不落无宝之地。很久很久之前有只凤凰从遥远的南方飞到了宁夏，她老远就看到这里青山沃野，黄河吐翠，地势平旷，灵气诱人。于是她在空中飞了几圈就落了下来，变成一座城池。就是现在的宁夏首府银川市。

②中宁：中宁指宁夏中宁县。中宁县位于宁夏回族自治区中部、宁夏平原南端，隶属中卫市。地处黄河两岸，为内蒙古高原和黄土高原过渡带，属北温带大陆性季风气候区。盛产枸杞、红枣、粮油、瓜果、畜禽等产品，黄河从中部自西向东转北流过，是"天下黄河富宁夏"的主要受益之地。

③河：指黄河。

其三　车过同心①

同心风景异，荒岭变新村。

沙海摇钱树，移民聚宝盆。②

行行蓝瓦屋，座座大红门。③

秋树黄包翠，粮丰金满囤。④

其四　夏日游石嘴山⑤

驱车新雨后，七月赴煤城。

星海湖光滟，大河浊浪惊。

杂花开似锦，高树列如营。

昔日黄沙盖，而今日月明。

- -

①同心：指宁夏同心县。地处鄂尔多斯台地南部黄土高原，地势呈南高北低之势，海拔1240~2625米，属丘陵沟壑区。同心县历史悠久，文化底蕴深厚。

②沙海句：指硒砂瓜的种植让农民的收入翻番，移民搬迁政策让农人得到了实惠。

③行行：读háng háng。指一行一行排列整齐。

④金满囤：同心多以玉米为主要种植作物，秋收之后，玉米满囤，呈现出灿灿金色。

⑤石嘴山：因贺兰山脉与黄河交汇之处"山石突出如嘴"而得名，位于宁夏回族自治区北部。石嘴山市是宁夏典型的煤炭资源型工业城市，西北重要的工业城市。号称"塞上煤城"，因生产无烟煤而闻名中外。也是宁夏回族自治区的唯一一个获得"国家森林城市"称号的地级市。因此有"昔日黄沙盖，而今日月明。"句。

其五　石嘴山新区即兴

乱花迷眼柳荫成，星海湖平云影清。

飒飒凉风迎秀色，微微暖意照心旌。

登城极目流连久，落日楼头自在行。

莫道人怜风物好，谁言山水不关情。

其六　初秋灵州行①

几分憔悴几分忧，高树斜阳互剪修。

塞草雨丰三季绿，田禾霜降一秋收。

驱车画里层层进，遐想云中淡淡留。

回乐峰②前归牧晚，苍茫夜色访灵州。

---

①灵州：指宁夏灵武市，古称灵州。是宁夏回族自治区和银川市工业发展的核心区域。素有"塞上江南"之美誉，有着悠久的历史文明，早在三万多年前的旧石器时代晚期，人类就在灵武这片神奇的土地繁衍生息，是中华民族远古文明的发祥地之一。

②回乐峰：地名。属灵州所辖。

其七　水韵吴忠①

胜景人间有几重？滨河水韵凤城东。

曲桥波卧银鱼跃，北斗楼高气贯虹。

自古黄河富宁夏，从来香稻属吴忠。

和谐回汉手拉手，赤胆齐心追梦同。

（中华新韵）

其八　车过罗山②

烟雨望罗山，苍茫云海间。

驱车行古道，一路尽登攀。

铁网挂岩壁③，石崖一线牵。

菊花灯照影④，摇曳动心肝。

（中华新韵）

----

①吴忠：宁夏吴忠市，位于宁夏中部，原为古灵州城和金积县驻地，是宁夏沿黄河城市带核心区域。毗邻陕、甘、蒙。引黄灌区的精华地段。

②罗山：位于宁夏南部同心县境内，是宁夏仅有的三大天然林区之一，又是宁夏中部的水源涵养林和宁南山区的区域生态环境的有效屏障。

③铁网挂岩壁：指为了保护公路不被泥石流和山体滑坡阻挡，也为了有效治理山体滑坡而在崖壁上罩以铁丝网，因此有了"铁网挂岩壁"的独特景观。

④菊花灯照影：罗山上有很多丛生的小山菊，以深紫、浅蓝、粉白为主，灯光之中开得蓬蓬勃勃，让人心生怜惜。

冬日登临明长城有感

　　隆冬，午后。从机场接女儿，归途绕道滨河新区，见明长城遗址，遂停车。爬上这风烛残年的土墙，银川人习惯叫它东大墙，西起黄河之滨，东至水洞沟西侧，全长十公里。衰草萋萋。女儿忙于拍这些冬天里标本一样的蒿草，丈夫低头匆匆前行，我一会儿拍这土墙，一会儿拍夕阳，一会儿拍城墙外的果园，沙枣树高高大大，树冠上结满了喜鹊窝，一群狗从果园深处跑过来，追着我们狂喊。城墙南边还依稀留些残垣断壁，依稀断得出曾经的人间烟火，感而记之。

　　　　塞外孤城闭，斜阳照大荒。

　　　　登临边草落，古道惹愁肠。

唐渠赋（四首）

其一　唐渠赋

天下黄河富一方，唐渠自古水流长。
千湖映月粼粼秀，万亩簪花隐隐香。
阅海湖中鱼戏浪，凤凰城里鸟呈祥。
自然生态年年好，遥祭龙神①万古芳。

其二　唐渠春晓

青阳最爱唐渠柳，故遣春风任意裁。
迎面微醺扶倦眼，入怀乍暖点春腮。
柔条漫舞千千结，新色才看缕缕开。
从此东君关不住，纵情一路向天台。

----

①龙神：宁夏四渠，各有龙神庙。世人祈龙神保佑河患，视其有
功于其土之民也，则祀于其土，享其报。此处以为治理水患，皆靠人力，
因此借龙神以表对水利人之敬意。

其三　唐渠春灌

唐徕渠水自天涯，浪簸风淘漉尽沙。

万亩碱滩成沃土，千条涸泽跃鱼虾。

画桥水泊观鸥鹭，亭榭长湖赏月华。

偏爱湖城风景好，民生乐处忆方家[①]。

其四　唐渠冬灌

万物萧疏大地荒，暖阳沉静米归仓。

多情唯有唐渠水，日日奔流夜夜忙。

腾跃黄龙威力震，凌空金浪气势长。

心藏胜景滔滔乐，意暖丰年啴啴[②]墒。

----

①方家：大方之家。本意指在某方面有建树的人。这里那些历代为水利建设作出贡献的技术人员。

②啴啴：dàn dàn。丰厚貌。

梦江南（四首）

其一　梦里江南

江南多好雨，入梦渐妖娆。

山色铺苍翠，湖光映碧硗①。

临渊花顾影，近水鸟啼娇。

久立夕阳尽，故乡千里遥。

其二　南京玄武湖②印象

夜游玄武水茫茫，遥望钟山③一抹苍。

千古风流浑入梦，碧波荡漾任沧桑。

---

①硗：读 qiāo。《说文》：硗，礊（kè，坚硬）石也。

②玄武湖：玄武湖公园位于江苏省南京市玄武区，东枕紫金山，西靠明城墙，是中国最大的皇家园林湖泊，也是中国仅存的江南皇家园林和江南地区最大的城内公园，被誉为"金陵明珠"。玄武湖古名桑泊、后湖，有两千三百年的人文历史。

③钟山：《江南通志》："钟山在江宁府东北，一曰金陵山，一曰蒋山，一名北山，一名元武山，俗名紫金山。周围六十里，高一百五十丈。诸葛亮对吴大帝云：钟山龙蟠，指此。"此处指紫金山。毛泽东主席《七律·人民解放军占领南京》有"钟山风雨起苍黄，百万雄师过大江。"句。

其三 江南古镇印象

新苔古柏两苍苍，碧瓦朱檐映粉墙。

枕水斜阳清丽影，凌空台榭①尽风光。

依依曲唱吴门调②，袅袅琴弹流水章③。

软语惯听声气改，低吟漫应少疏狂。

其四 苏州印象

脚步轻轻石径斜，姑苏④城外好人家。

倚河杨柳层层院，临榭蘅皋⑤艳艳花。

朱塔还寻西照影，画船犹记采莲娃。

江南千里任驰骋，流水悠悠送晚霞。

---

①榭：读 xiè。建筑在台上的房屋。

②吴门调：吴门这个地方的曲调。吴门，指苏州或苏州一带。历史上作为苏州的别称之一，为春秋吴国故地，故称。宋张先《渔家傲·和程公辟赠别》词："天外吴门清霅路，君家正在吴门住。"

③流水章：泛指美妙的古琴曲。传说先秦的琴师伯牙一次在荒山野地弹琴，樵夫钟子期竟能领会这是描绘"峨峨兮若泰山"和"洋洋兮若江河"。伯牙惊道："善哉，子之心而与吾心同。"钟子期死后，伯牙痛失知音，摔琴绝弦，终生不弹，故有高山流水之曲。后人以高山流水喻指知音。

④姑苏：苏州古称。唐代诗人张继有《枫桥夜泊》"月落乌啼霜满天，江枫渔火对愁眠。姑苏城外寒山寺，夜半钟声到客船。"传世。

⑤蘅皋：读 héng gāo。长有香草的沼泽。宋·贺铸《青玉案》有"飞云苒苒蘅皋暮，彩笔新题断肠句。若问闲情都几许，一川烟草，满城风絮，梅子黄时雨。"句。

永春①（二首）

其一

寂寞花开落，春山鸟语繁。

微风平小路，细响过清源。

夜雨绿阴重，晨熙红朵暄。

鹧鸪双唤喜，松鼠自攀援。

其二

虫鸣声若器，夜半到桃溪②。

灯火依山近，人家傍水低。

清风声婉转，细月眼迷离。

举目幢幢③影，永春四季齐。

---

①永春：指福建省泉州市永春县，古称桃源，位于福建省西南部、晋江东溪上游。永春境内山多地少，地势趋西北高东南低，著名的戴云山脉绵延全境。山体俊美，自然风光迷人。晚唐著名诗人韩偓在此客居数年。南宋理学家朱熹，数到永春，留下了"千寻瀑布如飞练，一簇人烟似画图"的传世佳句。

②桃溪：发源于永春县锦斗乡珍卿村附近的雪山南麓，全长61.75公里，为永春县境内最主要的河流。

③幢幢：读 chuáng chuáng。高而团簇笼覆貌。唐代元稹《松树》诗有："华山高幢幢，上有高高松。"之句。清代王士禛《望庞居士山》诗云："云烟杳杳树幢幢，消息凭谁问老庞？"

秋到沪上有感（五首）

其一

久闻金桂香，沪上得亲尝。
结子三秋老，风轻一树黄。

其二

秋到江南水色寒，菱花落尽碧荷残。
小池风紧粼粼起，一树桂花密密甜。

其三

上海师大课余散步即景

课后校园独步秋，梧桐深径草幽幽。
菱花开尽水清浅，黄鸟曲终叶顺柔。
抬首云天思远翥，回身孤影去烦愁。
五十学艺不觉愧，半百求知无论羞。

其四

丁酉秋分上海即兴

沪上秋分日，衣单觉露涵。
骑车迎面冷，散步体微酣。
零落梧桐老，葱茏细草贪。
前窗闻布谷，始悟在江南。

其五

丙申秋入沪逢雨有感

细雨增秋意，连绵北到南。
盛名常记念，风景不曾谙。
商贸南京路，繁华成美谈。
黄埔流水美，千岛裹烟岚。

冬日过鄂尔多斯①草原有感

漠漠无涯际，茫茫一线孤。
墟烟②苍四野，落日荫长途。
积雪两三处，沙丘若有无。
长空归雁尽，边地朔风呼。

---

①鄂尔多斯：鄂尔多斯市，是内蒙古自治区下辖的一个地级市，其名来自明朝时期的蒙古鄂尔多斯万户。

②墟：读 xū。墟，村庄。墟烟，即村庄里由炊烟等形成的烟岚。

乙未年秋九月十一日赴武汉记事

　　我打江南走过，匆匆一如梦中。长江悠悠流水，没有骇浪天惊。黄鹤楼头明月，天天空照游客。闻说东湖美景，也无缘得见。匆匆走了一圈，恰似恋爱青年。想了多少夜晚，走近却忘语言。我对江南印象，永远滞留梦中。

朝辞塞上江城宿，一路风光阅尽秋。

北地风狂寒瑟瑟，南园雨润鸟啾啾。

东湖①诗里曾成梦，赤壁赋②中几度愁。

黄鹤③千年空对月，长江万古自悠悠。

- -

　　①东湖：武汉东湖生态旅游风景区，简称东湖风景区，位于湖北省武汉市中心城区。毛泽东主席一生钟爱东湖，将其称为"白云黄鹤的地方"。

　　②赤壁赋：指《赤壁赋》，北宋文学家苏轼所作，作于宋神宗元丰五年（1082）贬谪黄州（今湖北黄冈）时。通过主客问答的形式，反映了作者由月夜泛舟的舒畅，到怀古伤今的悲咽，再到精神解脱的达观。

　　③黄鹤：这里指黄鹤楼。黄鹤楼位于湖北省武汉市长江南岸的武昌蛇山峰岭之上，为国家5A级旅游景区，享有"天下江山第一楼""天下绝景"之称。唐代诗人崔颢在此题下《登黄鹤楼》一诗，使它闻名遐迩。

惊蛰湘楚①记行

云暗楚天②三月中，惊雷初炸物华工③。

微醺水岸层层柳，肆意篱间点点红。

橘子洲头寻旧赋④，浏阳河畔忆蓑翁⑤。

雨狂半夜怜春老，随雁北归唱大风。

----

①湘楚："湘楚"是湖南的别称。湖南一带在古代是楚文化的发源地之一，这块土地上孕育了灿烂的湘楚文化。

②楚天：这是一个泛概念，指湖南一带的天气和气候。

③惊雷初炸：合惊蛰节气。

④旧赋：指毛泽东主席的《沁园春·长沙》，其中有"独立寒秋，湘江北去，橘子洲头。"句。

⑤浏阳河：浏阳河又名浏渭河，位于湖南省东部，全长共234.8公里，流域面积4665平方公里。蓑翁：穿着用草或棕毛做成的防雨衣服的钓鱼老翁，这里代指唐宋八大家之一的柳宗元。柳宗元被贬至湖南永州时，留下了著名的五言绝句《江雪》："千山鸟飞绝，万径人踪灭。孤舟蓑笠翁，独钓寒江雪"。

梦琼州①

琼州路远天涯近，醉向海天梦里亲。

万里长江一日渡，四时风景尽归春。

椰林密密花开晚，铁树层层凤尾新。

欲问仙山何处有，甘工②填海筑芳滨。

---

①琼州：古地名，即今海南省，琼州也是海南省的别称。

②甘工：指甘工鸟。传说美丽智慧的黎家姑娘阿甘和勤劳勇敢的黎家青年猎手拜和真诚相爱。凶狠的峒主强抢阿甘做儿媳，阿甘誓死不从，毅然把身上佩戴的银饰捣制成一对翅膀，变成一只鸟儿，和心爱的人比翼双飞。

丁酉秋上海师大见人民教育家陶行知①塑像

细草东风岸，平湖碧水城。

巍巍人仰止②，蔼蔼③景行行。

---

①陶行知：（1891.10.18－1946.7.25），安徽省歙县人，中国人民教育家、思想家，伟大的民主主义战士，爱国者，中国人民救国会和中国民主同盟的主要领导人之一。"生活即教育""社会即学校""教学做合一"是陶行知先生生活教育理论体系。（参见360百科）

②巍巍人仰止：有成语高山仰止（gāo shān yǎng zhǐ），出自《诗经·小雅·车辖》："高山仰止，景行行止。"这里"巍巍"代指"巍巍高山"，"人仰止"即化用"高山仰止"这个成语赞颂陶行知之伟大品格。

③蔼蔼：读 ǎi ǎi。常常用来形容人的温和貌、和气貌。也可以用来形容天气的温和温暖。明何景明《立春日作》有"蔼蔼春候至，天气和且清。"明徐弘祖《徐霞客游记滇游日记四》："遇学师赵，相见蔼蔼。"这里赞颂陶行知如春光般温暖，才有了后学者的继续。

丁酉秋拜谒鲁迅[1]墓

玉兰香自溢，细草墓园秋。

铁骨人民树[2]，柔肠孺子牛[3]。

文章千古在，诗韵百年留。

长拜无私念，斜阳当寄忧。

---

[1]鲁迅（1881年9月25日—1936年10月19日），原名周樟寿，后改名周树人；字豫山，后改豫才，浙江绍兴会稽县人，中国现代伟大的无产阶级文学家、思想家和革命家。鲁迅以笔代戈，奋笔疾书，战斗一生，被誉为"民族魂"。"横眉冷对千夫指，俯首甘为孺子牛"是鲁迅一生的写照。鲁迅墓位于四川北路2288号鲁迅公园（原虹口公园）内西北隅。

[2]人民树：这里的人民树是指鲁迅铁骨铮铮，代表了民族之灵魂，犹如巍然屹立的参天大树。

[3]孺子牛：鲁迅曾在《自嘲》诗中写道："横眉冷对千夫指，俯首甘为孺子牛"这是自嘲也是自喻。表达了鲁迅对敌人的仇恨和对朋友对下一代的柔肠热心。对于青年，鲁迅先生真正做到了"俯首甘为孺子牛"。

丁酉秋访宋庆龄①旧居

庭院深幽处，依稀见小楼。

绿荫相倚傍，风雨互知秋。

小径浑无语，寒蝉闭口喉。

门扉清露响，往事空悠悠。

---

①宋庆龄（1893年1月27日——1981年5月29日），是已故中国革命家及中华民国国父孙中山的第二任妻子。1981年5月16日，全国人大常委会决定授予宋庆龄"中华人民共和国名誉主席"称号。1981年5月29日20时18分，宋庆龄在其北京寓所病逝，享年88岁。上海宋庆龄故居位于淮海中路1843号，从1948年到1963年，宋庆龄在这里工作、生活达15年之久。

丁酉秋寻访上海巴金故居①

细雨梧桐小巷秋，行人默默思悠悠。

青春作伴思三曲②，老大舒怀字字忧③。

抱朴归真随想录④，童真坦率赤诚留。

访踪犹见踟蹰影，绿树婆娑覆小楼。

---

①巴金：巴金（1904年11月25日—2005年10月17日），原名李尧棠。汉族，四川成都人，祖籍浙江嘉兴。中国作家、翻译家、社会活动家、无党派爱国民主人士。上海巴金故居是一座历史建筑，位于上海武康路113号，是巴金先生在上海的住宅，也是千万读者心目中的文学圣地。

②三曲：巴金早期的小说《家》《春》《秋》被名为《激流三部曲》。《雾》《雨》《电》为爱情三部曲。

③老大感怀字字忧：巴金在"文化大革命"后撰写的《怀念萧珊》和《随想录》等散文，内容朴实、感情真挚，充满着作者的忏悔和自省，因此被誉为"二十世纪中国文学的良心"。

④随想录：巴金在1978年到1986年的8年间写作了150多篇随笔，总题为《随想录》，由《随想录》《探索集》《真话集》《病中集》《无题集》等五个集子组成。这部大书是用真话建立起来的揭露"文化大革命"的"博物馆"，是一部力透纸背、能够代表当代文学最高成就的散文作品。巴金怀着强烈的社会责任感，把他对历史的反思、对痛失的亲友的追忆、对自我的拷问，对他不能认同的思想言论的批判，质朴而直白地讲述出来。文字朴实，记述流畅，没有刻意经营雕琢的痕迹。（摘自洪子成《当代文学史》北京大学出版社，2012年修订版，第319页）

丙申八月十六日和老朋友登
贺兰山有感（三首）①

其一

垒垒冲天立，巍巍映日斜。

嶙峋逢古道，陟彼木槎桠。

石烂魂为土，海枯魄做花。

苍茫一望远，浩淼几咨嗟。

其二

一任沧桑一任高，冲天垒垒复滔滔。②

登临今日摩云顶，曾是兴波浪里鳌。

---

①贺兰山：贺兰山脉位于宁夏回族自治区与内蒙古自治区交界处。
山势雄伟，若群马奔腾。

②滔滔：传说，亿万年前，贺兰山区是一片汪洋。看贺兰山势如
奔马之其实，联想到波浪，仔细看其山貌地形，很有波涛汹涌之感。

其三

节气隆冬四九间，相夫携女上兰山。

林深鸦鹊悠然乐，草厚岩羊自在闲。

觅迹攀援寻古道，求新柱杖跳重关。

登临笔架遥舒意，何日凭椽论九寰。

题宁夏镇北堡①张公贤亮②故居

檀木雕花细细磨，风尘浸染雪霜多。

江南公子多才俊③，朔漠长风浩荡歌④。

辛苦遭逢不怨世，从容挥笔写心河。

音容犹在难寻觅，古堡斜阳瀚海波。

----

①镇北堡：镇北堡距银川市35公里，以两座古堡闻名。这种古堡，在当地俗称"土围子"，是中国西北地区特有的"覆土建筑"。镇北堡西部影视城就是在这样的原始古堡的基础上修建的。

②张公贤亮：张贤亮的尊称。张贤亮，男，国家一级作家、收藏家、书法家。1936年生于南京，祖籍江苏盱眙县。代表作：《灵与肉》《绿化树》《男人的一半是女人》等。镇北堡西部影城、老银川一条街等被称为张贤亮的立体文学作品。

③江南公子多才俊：张贤亮出身江南，故称"江南公子"。才俊：指才能、才华。

④朔漠长风浩荡歌：喻指张贤亮在宁夏期间不畏北风严寒、沙尘滚滚、缺衣少食、食不果腹的恶劣环境而能以革命的乐观主义精神劳动、看书、学习，不懈创作，成为闻名全国的著名作家。

题马缨花酒楼①

眉眼盈盈处，缨花②簇簇开。

火红传暖意，常绿见贤才③。

不念天涯远，唯怜楚燕回。

登高曾举目，晚照尽余杯。

---

①马缨花酒楼：宁夏镇北堡影视城酒楼名。以张贤亮《绿化树》主人公马缨花为名。

②缨花：1.植物名。清吴震方《岭南杂记·马缨花》："色赤，如马缨，其花下垂，一条数十朵，树高者丈许。有白者，有桃花而大红镶边者，皆异种也。"2.张贤亮小说《绿化树》女主人公的名字。马缨花是位纯朴、善良、富有同情心、乐观、感情丰富、聪明、贤惠的有着浓郁的传统观念的妇女。此处兼二者而赋。

③常绿：马缨花又名绿化树。

镇北堡古城游记（二首）

其一

古堡斜阳唱大风，黄沙漠漠掩城空。
明星冉冉^①曾升起，一度辉煌赖亮公^②。

其二

兰山^③古堡^④两相和，羌管悠悠动地歌。
雨噬风餐不改志，化岩为土任磋磨。

---

①明星冉冉：镇北堡影视城曾拍摄了《红高粱》《大话西游》《新龙门客栈》《双旗镇刀客》《大旗英雄传》《红河谷》《黄河绝恋》等影片，培养出了如巩俐、张艺谋等一大批电影明星和导演。

②亮公：指张贤亮。

③兰山：指位于镇北堡影视城西面的贺兰山。贺兰山被誉为银川的父亲山。

④古堡：指镇北堡的两座古城堡。

陪母亲游黄河即兴（三首）

其一

母亲河畔[①]母亲游，不叹滔滔不叹忧。
大暑不嫌伏火日，为腌酸菜捡石头。

（中华新韵）

其二

黄河宛转塔楼高，陪母登临望远霄。
瀚海阑干斜照日，故乡隐隐路迢迢。

其三

亦为儿女亦为孙，多少光阴多少恩。
白发飘飘曾祖母，母亲河畔喜寻根。

（中华新韵）

---

①母亲河：黄河与长江是中华民族的母亲河。这里指黄河。

丁酉八月十七日和母亲、妹同游
滨河新区^①景城公园^②即景

塞上云天净，景城水色寒。

嘤嘤胡雁远，飒飒朔风欢。

天意怜幽草，夕阳绿叶丹。

人生同草芥，老母倚阑干。

---

①滨河新区：指以黄河银川段以东约125平方公里的区域为中心，东起宁东能源化工基地，西至兴庆区鸣翠湖、月牙湖，北至生态纺织园，南接鹤泉湖，围绕黄河自南向北贯通永宁、灵武、贺兰银川市滨河新区、兴庆区等连接区域，整个面积达1200多平方公里。（参见360百科）

②景城公园：位于银川滨河新区京河大道与长河大街交汇处东南角，是银川通过滨河黄河大桥至滨河新区的必经之路，公园面积为1500亩，被誉为滨河新区的天然生态氧吧。公园集中展示了中国园林建筑特色，水域相互连通，以亭桥水榭相连，景色优美、环境怡人，成为银川及周边市民最佳的休憩之地。（参见360百科）

陪老朋友秋游银川

塞上清秋好，夕阳紫树娇。
草随风浩荡，花借水妖娆①。
携手平湖外，相依月亮桥。
青春同祝愿，雪鬓共凌霄。

初秋回老家所见

透雨愈旬日，山塬景色深。
白云藏碧树，红顶覆浓阴。
野草牵花嗅，田禾抱穗亲。
农家多美味，玉黍满锅金。

（中华新韵）

- -

①妖娆：音 yāo ráo。娇艳的美好的事物或者姿态。

七月初一同友人游古雁岭

古雁入云飞，何时带字回？

相携游故地，放眼景观台。

霄汉何其邈，远山奚若堆。

笑谈评武将，信步论贤才。

刹那狂风起，云团卷亦开。

几番雷雨过，落豆裹将来。

忙避窄檐下，闲观鸟雀飞。

旋飞旋又落，惶恐不得回。

豆雨大如注，狂风卷入怀。

云黑龙虎斗，电闪龟蛇来。

坐叹心不定，怜惜花叶摧。

自然皆有道，顺应少伤悲。

转瞬阴云开，依依似别离。

凹凸相倚傍，缱绻两徘徊。

袅袅青烟起，层林夕照辉。

天苍山寂寞，日暮雁行来。

忆老屋兼怀父母

梦里依稀回故乡，蔷薇牵袖话家常。
夭夭桃杏多结子，郁郁松针藏紫光。
犹记炊烟慈母早，还惜老父侍田忙。
辛勤梁上双飞燕，衔泥吐哺育儿郎。
一朝振翅高飞去，几许叮咛几许伤。
旧巢易老空相忆，寂寞庭树照斜阳。

清 词 丽 句 赋 华 夏

词赋篇

浪淘沙·赋改革开放四十年①

奋斗四十年，不忘前贤②。狂澜力挽谱新篇。开放宏图如画卷，换了人间。

浪遏更扬帆，放眼瀛寰③。开来继往任千难。民富国强人遂愿，复兴梦④圆。

----

①改革开放四十年：1978年5月，一篇名为《实践是检验真理的唯一标准》的特约评论员文章，在《光明日报》一版刊发。它掀起了席卷中国的真理标准大讨论，成为那支撬动改革开放的哲学杠杆。2018年12月18日10时，庆祝改革开放40周年大会在人民大会堂举行，中共中央总书记、国家主席、中央军委主席习近平出席大会并发表重要讲话。（来源于360百科）

②前贤：指邓小平等改革开放政策的制定者和领导者、实施者。

③瀛寰：读yíng huán。指全世界。

④复兴梦：实现中华民族伟大复兴的中国梦是习近平总书记在中国共产党第十九次全国代表大会报告上提出的。即要实现国家富强、民族振兴、人民幸福的中国梦。（参见360百科）

望海潮·六盘烟雨①

宁南形胜，中原天堑，六盘雄峙山佳。②千里锦屏，昂霄耸壑，从来多惹兵家。汉武六屯扎，始皇北巡地，豪气如侠。一代天骄意气发，策马天涯。③

重峦叠翠幽峡。似柔情缱绻，貌美如花。龙跃碧潭④，云藏湫涧⑤，纤纤出岫烟霞。还看雁高伐，云淡红旗卷，吟赏诗家⑥。二万长征路远，从此耀中华⑦。

（中华新韵）

---

①六盘烟雨：位于宁夏南部的六盘山区，受山势影响降水充沛，四季雾气笼罩，水雾交融，互为映衬，似置身人间仙境，让人流连忘返。

②宁南形胜三句：六盘山，在宁夏回族自治区西南部、甘肃省东部。南段称陇山，南延至陕西省西端宝鸡以北。横贯陕甘宁三省区，既是关中平原的天然屏障，又是北方重要的分水岭，黄河水系的泾河、清水河、葫芦河均发源于此。六盘山山势高耸，最高的米缸山达2942米，因此称为天堑。

③从来多惹兵家八句：六盘山地处中原农耕文化与北方草原文化的交融地带，自古以来就是拱卫关中、北控塞外的战略要地，受到中原王朝高度重视。秦始皇曾途经六盘山北巡边疆，汉武帝刘彻六出六盘巡视边塞、以立军威，唐太宗李世民、成吉思汗、忽必烈等也都在六盘山留下了历史足迹。（据宁夏地方志办公室主任负有强）

④龙潭：指泾河老龙潭。这里气候阴湿、降水充沛，潭区山高峡深，山青水秀，潭边松径幽雅，两侧悬崖怪石嶙峋，山、水、林、石景色秀丽。

⑤湫涧：六盘山朝那湫。远古时代曾称之为"湫渊"、"雷泽"，是"龙之所处"之地，有伏羲降生的传说。如今的朝那湫湖光山色非常美丽，每到气候宜人的夏季，湫水潋滟，清澈鉴人，静则纹丝不动，动则微波粼粼，幽雅恬静至极；而或朝晖夕映，神秘顿生，真可谓"万树仙花一潭水，四时烟雨半山云"。

⑥还看雁高伐三句：借指毛泽东《清平乐·六盘山》"天高云淡，望断南飞雁，不到长城非好汉。"之句对六盘山的描写和吟赏。

⑦从此耀中华：六盘山是1935年毛泽东主席率领中国工农红军长征时翻越的最后一座大山，将台堡记录了中国工农红军一、二方面军胜利会师的壮观场面，标志着万里长征的胜利结束。

浪淘沙·水洞兵沟书怀①

往事越千年，水静湖宽。黄沙漫漫草芊芊。野马羚羊都曾见，大漠孤烟②。

兵藏③赋新篇，考古史前④。中华寻祖三万年⑤。塞上风光日日变，袖舞云端⑥。

（中华新韵）

---

①水洞兵沟：位于银川市东南宁夏灵武市临河镇水洞沟村，南距灵武市30公里，西距银川市19公里，距离河东机场11公里，北与内蒙古鄂托克前旗相接，占地面积7.8平方公里。

②上阕：水洞兵沟是古人类文化遗址。3万年前，一群远古人群顶着凛冽的西伯利亚寒风，踏着鄂尔多斯漫漫黄沙来到这里，眼前丰美的水草、宽阔的湖泊，还有那隐约可见的成群野马、野驴和羚羊吸引着他们，他们喜欢这里天然的生存环境，于是放下行囊，开始了新生活。就是这拨人群留下了影响中外的旧石器时代晚期水洞沟文化遗址，也开启了宁夏的历史。

③兵藏：藏，音zàng，宝库。水洞兵沟不仅是三万年远古人类繁衍生息的栖息地，而且是我国明代边塞重要的军事防御重地。

④考古史前：最早发现这处凝聚和记载着远古人类文明史的人，是20世纪20年代初的比利时传教士P·肖特。1919年肖特在水洞沟东边的黄土状岩石断崖中，发现了一具披毛犀的头骨和一件石英岩石器。这个惊人的发现引起了法国古生物学家桑志华、德日进的关注。1923年法国古生物学家桑志华、德日进在水洞沟发掘。推翻了"中国没有旧石器文化"的论断。这成就了水洞沟"中国史前考古的发祥地"地位。水洞沟也被国家列为"最具中华文明意义的百项考古发现之一""中西方文化交流的历史见证地"。（据宁夏社会科学院实习研究员贾虎林）

⑤中华寻祖三万年：水洞沟是我国最早发掘的旧石器时代文化遗址，举世瞩目。经过近百年的考古发掘，现已出土上万件石器，是中外考古学家们的钟情之地。距今大约三万年之久。（据宁夏社会科学院实习研究员贾虎林）

⑥袖舞云端：借飞天嫦娥袖舞云端之意，比喻塞上美景日日新，人民生活日新月异。

西江月·梦里山城①秋色

梦里山城秋色，匆匆又是一年。凭风遥祝体祥安，捎去红枫一片。

塞上纵横阡陌，淡然还复悠然。且抛满腹怨和难，抬首高天云淡。

（中华新韵）

---

①山城：固原，古称大原、高平、萧关、原州，简称"固"，位于宁夏回族自治区南部，省域副中心城市。因地处黄土高原上六盘山北麓清水河畔，故习惯称为"山城"。固原城始建于公元前114年，丝绸之路必经之地，明代九边重镇之一，也是历代兵家必争之地。余大学毕业后即工作生活在固原，转眼二十余年。离开多有思念和不忍，故有诗寄山城朋友。

南歌子·小别

挥手徐徐远，朱窗雨雾前。薄凉浸透暗纱衫。掷笔乱翻，无意鸟声酣。

银燕将将去，云归既盼还。银丝拔去鬓鬟间。旋坐桌前，灯火字词闲。

（中华新韵）

采桑子·雨中别

晨光拂槛烟如海，细雨蒙蒙。思远君行，赶路追车步带风。

薄衫短袖聊无赖，寒意葱茏。檐雀呼晴，顾盼琉璃晚照中。

（中华新韵）

采桑子·重阳

三秋过后重阳好，把酒猖狂。满眼风光。橘绿橙黄淡淡香。

红旗漫卷西风劲，山水情长。一任飞翔。塞上云天缕缕霜。

（中华新韵）

浣溪沙·咏荷花

初见荷衣袅袅红，把栏吟赏月明中，几多心事几多风。

花未老成人已老，日光轮转送飞鸿。素秋凭酒小园东。

一剪梅·同学欢聚记事

炉火曾烧玉米粮。你我争尝，莺燕欢腔。月寒霜冷照斜床。屋顶星光，细雨荷塘。

竹板先生冷面强。夜诵晨吟，声语高狂。流年似水几匆匆，多少欢歌，多少愁肠。

一剪梅·忆旧

玉露金霜袅袅秋。雍妹①偷油，火暖锅熘。葱花翠意绿皮椒。香味悠悠，情谊悠悠。

心事无言上小楼，月冷霜洲，莺燕声休。共依薄被语通宵。才了春愁，又惹离愁。

---

①雍妹：雍梅，小名弟子，和我为高中同学。为人活泼热情，爱美大方。同学一年来几乎形影不离，给我很多帮助。

双红豆·秋思

立亦秋，坐亦秋，凝滞浓云独上楼。青山半月幽。

镜花愁，鬓花愁。卸却红妆心事休。雁踪何处留。

双红豆·霜降

红叶飞，绿叶飞。斜照秋风岁月颓，天高雁字回。

雨霏霏，霜霏霏。草色如烟高树摧。拣枝寒鹊归。

浪淘沙·寺口^①听风

山寺好听风。天景争雄，神工鬼斧倚长空。良母之称天有赐，米钵从容。

晚照望西峰。紫气融融，岚烟幽谷几多重。晓月松风清万籁，古刹鸣钟。

浪淘沙·星渠^②岸柳

渠口浪云崩，古柳娉婷，千年风雨忆曾经。泉眼七星还梦里，珠玉淙琤。

天赐大河行，沙漠金城，引黄灌溉世传承。鱼米之乡盛赞誉，隔岸相迎。

---

①寺口：位于宁夏中卫市，寺口古称北海。位于宁夏中卫市宣和镇南 20 公里处，面积 10 平方公里。寺口有天景山和米钵山。

②星渠：指七星渠。原渠口在黄河右岸泉眼山下，因相传山下有泉七眼，形若列星，故名。

玉堂春 · 夏日景城公园记游

景城池馆，五月翠浓红艳。鸟语人闲。水映长天。
晚照缠绵，宛转黄河远。翠羽斜阳月上弦。

鼙柳东风曾顾，重重垂暮帘。记忆青春，荏苒流
年过，白发葱茏草色芊。

（中华新韵）

蝶恋花 · 雨后见落花

穿透纱窗惊梦魇。紫岫烟霞，喷薄一轮艳。心事
一春犹未断。桃花开尽槐花乱。

风卷流光谁缱绻？逝水匆匆，不叹青春晚。梦断
香魂无恨怨。东君空把朱颜换。

（中华新韵）

双红豆 · 桃花开

桃花开，杏花开，开尽春风满院栽。黄昏燕子来。
月徘徊，影徘徊，月影疏篱花自来。晚风杨柳栽。

（中华新韵）

固原民族师范赋

小序：古人称不歌而颂谓之赋。以吾之修养才学，为师范赋，必不达也。然，固师，吾之母校也。吾于此从师四载，执教廿年，朝夕相处，晨昏与共，师生同志，情笃意深。思我母校，处贫甲天下之地，披十年九旱之苦，而不以贫苦为耻，奋发昂扬，树鸿鹄之志，立报国之心；有识之士，有志之儒，戮力追求，共同营建，勇挑教育之伟业，践行赤子之愿想，虽偏居一隅，而不忘国之兴衰、民之存亡；以数间土屋，一座庙产，白手起家，历几年几代，经风沐雪，为振兴六盘山区乃至周边地区教育事业，做出不可磨灭之贡献。其功其德，有史可鉴，有口皆颂！因而赋之歌之，意以拳拳之心，报春晖之惠也。

大哉，教育之伟业！国运之肇，民族之兴，人才之成，社会之荣，皆赖于此也！古人云：读书不可一朝废于天下，学校不可一日缺于州邑。教育兴则人才盛，人才盛则百业旺，百业旺则国运强。国之兴衰，系于教育，教育之功，熠熠其光！

壮哉，固师①之实绩！发端于战火连绵之时②，立足于贫甲天下之地③，崛起于三中全会召开之际。假祖庙之产④，以捉襟之资，造福数千才俊学子一

---

① 固师：即固原民族师范简称。

② "发端于战火连绵之时"：固原民族师范前身创办于民国三十一年，即公元1942年，正值抗战期间。

③ 立足于贫甲天下之地：固原有贫甲天下之谓。

④ 假祖庙之产：公元1942年，固原县第一位大学毕业生（北京大学医学专业毕业）赵生荣在国民党陆军57军军长丁德隆将军的鼎力支持下创办固原简易师范学校，名曰维德师范。并筹拨庙产作学校资产。（见于《固原民国县志》）

方；借凌云之阁[1]，凭飞鸿之志，成就邦之倚柱国之栋梁。感念赵公生荣[2]，襟袖济贫济世之宏图；追忆将军德隆[3]，怀揣启智救愚之良方。丞丞以求，奔走呼告，倾其家资而立师资，尽己余力而强国力。开创师范，名曰维德[4]，美好景愿，光耀山川。铭记维峻[5]先生至理名言："从来人才之盛衰，视乎学校之兴废，无以培植之，犹不耕而欲其获，无米而使之炊也。"谨从晓峰[6]老师谆谆教诲："盖有非常之才，然后可肩非常之任；亦必有非常之德，乃能不矜非常之功。"殷殷师者，自强自持，兼容并蓄，倾心后学，劳怨不辞。孜孜学子，壮志凌云，忧乐天下，痴心向学，行健不息。以星星之火，点燎原之势；似缕缕春风，醒病枯之木。历时

---

① 借凌云之阁：省立固原国民初级简易师范学校，系由民国31年（公元1942年）驻防本县之陆军57军军长丁德隆所倡办。当于32年（公元1943年）春季招收男女学生50余名，假城内凌云阁上课，定名为维德师范。（见于《固原民国县志》）

② 赵生荣，固原县第一位大学毕业生（北京大学医学专业毕业）。民国5年任县立提署街高等小学校长。32年任中学校校长、师范学校校长及教员。（见于《固原民国县志》）

③ 德隆即丁德隆，民国31年（公元1942年）驻防固原县之陆军57军军长。鼎力支持赵生荣先生创办固原初级简易师范学校。（见于《固原民国县志》）

④ 民国31年（公元1942年）赵生荣在国民党陆军57军军长丁德隆将军的鼎力支持下创办固原简易师范学校，名曰维德师范。（见于《固原民国县志》）

⑤ 维峻即安维峻，光绪间翰林，授御史。光绪十六年，固原官绅敦聘为五原书院山长。教诸生以"先气识而后文艺"为法则，一时学者知所崇尚。（见于《固原民国县志》）

⑥ 晓峰即安维峻，字晓峰，秦安人。（见于《固原民国县志》）

愈花甲①，创业数十年，向学之风日盛，随化之道渐行！喜颂固原形胜，六盘地灵，人才辈出，群贤云集。其意志坚贞，才力迈众，在桑梓可表乡里，救济时艰，风教后世；于国家堪称干将，建功立业，造福一方。

春芳葳蕤，夏木葱茏。劬劬播文明之种，累累收育人之功。看桃李争艳，听喜讯佳音，今朝有待，明日更丰！

欢天喜地逢盛世，载歌载舞唱未来。新校舍，新格局，师范教育乘国运昌盛之风展翅九州；改学制，改所属，杏坛弟子借改革创新之势抒写宏猷。虽经十年动乱，饱受岁月沧桑。半耕半读，或难灭求知之志；亦工亦农，当不减垂训之情②。

改革开放听惊雷，三中全会洒甘霖。扩建、改建，弹丸之地倏忽百亩；拆迁、搬迁，红楼瓦舍巍然耸立。依国家支持，得百姓拥戴，师资教育似化雨春风，催发万李千桃。凭领导努力，靠师生打拼，固原师范如春起之苗，日见拔节润膏。励精图治，勤勤恳恳，万千学子喜得"六盘明珠"之美誉；上下同心，兢兢业业，固原师范尽享"教师摇篮"之荣光。

---

①历时愈花甲：自1942年创立固原初级简易师范至2003年8月，固原民族师范与固原一中两强合并，组成新固原一中，固原民族师范共历61个春秋。

②1966年至1976年，"文化大革命"中，学校正常办学模式被废弃。全校改为耕读学校，实行军事化编制，对学生进行民兵训练。开荒种田，开办手工车间，半工半读，亦工亦农。(参见《固原民族师范学校大记事》)

常记一九八八，更名"民族师范"①。加"民族"二字，体国家深情。施惠于民强教育；扩大招生显特色。民族预科班、民族中师班、回族女生中师班，班班有特色；校长培训班、教师培训班、特岗教师培训班，班班有特长。学校规模之大，师生数量之多，在全区首屈一指；治学之风严谨，求学之举若渴，办校之旗昭昭，膺全国先进之列②。巍巍六盘③可作证，滔滔清水④亦为鉴。占地逾百亩，建筑达千方。业绩炎炎，品行谦谦，固原民族师范举"团结、进步、勤奋、创新"之旗⑤，以"勤奋、深入、民主、实干"为旨⑥，"勤调查，多动脑，大处着眼决策，小处着眼做事。"⑦"刻苦学习，服从大局，积极主动，恪守职责，上下有序，严格要求，科学决策，廉洁清正。"⑧ 办人民满意教育，

---

①1988年宁夏回族自治区人民政府决定将"固原师范学校"更名为"宁夏固原民族师范学校"。1989年学校正式启用宁夏固原民族师范学校印制。（参见《固原县志》《固原民族师范学校大记事》）

②1991年，学校被国家教委评为全国先进中等师范学校。（参见《固原民族师范学校大记事》）

③六盘：即六盘山，处固原西南。固原师范面南而视六盘山。

④清水：即清水河，处固原中部。沿固原师范东侧逶迤而过。

⑤固原民族师范校风为"团结、进步、勤奋、创新"。

⑥固原民族师范工作作风为"勤奋、深入、民主、实干"。

⑦固原民族师范工作方法为"勤于调查、多动脑筋、大处着眼决策、小处着眼做事"。

⑧固原民族师范工作纪律为"刻苦学习、服从大局、积极主动、恪守职责、上下有序、严格要求、科学决策、清正廉洁"。

立科学发展潮头，身跻名校之列，位居师德之榜^①。

巍哉，固原民族师范！随潮流而逐鹿，破风浪以扬飙；乘科技之快车，倡济世之风尚。与时俱进，与日同辉！美哉，固原民族师范！绿树绕高楼，写意心神旷；花草映晚霞，清香学门静。默默无闻，无私奉献为固师之魂；学高为师，鞠躬尽瘁为固师之魄。可谓情览古今，名博中外。列坐其中，如沐春风。虽无济世之雄才，常怀感恩之寸心。不负前辈厚望，专伺启智之职，幸甚至哉，歌以咏志！

辛卯年农历四月于银川丽园居

---

①1985年，学校获全区首届"园丁颂"文艺汇演中师组第一名。1990年固原行署文教局举办固原地区中师生能力竞赛，我校包获全部奖项第一、二、三名的绝大多数。

宋庆龄赋

　　小序：宋氏庆龄，孙文之妻也。素有大志焉，豆蔻之年，即赴欧美，学西方之科学，受民主之教育，娴静优雅，柔美刚毅。以青春热血，投身革命，捐躯国是。辅孙文、佐共和，几十几年，虽九死一生，犹不悔也！尤为后人敬者，乃孙文仙逝，庆龄不为亲情所挟，不为权势所迫，不为高官厚禄所惑，坚持一党之见，为民主、自由、富强之国家而奔走呼号、任劳任怨，纵亲情离散、姊妹反目，犹不改也。丙申冬月旬日，适逢中山先生百五十年诞辰纪念，思庆龄以弱女子而能弃家庭温暖、赴国家危难，夫唱妇随、前仆后继……其大志冲天、胸襟磊落、坦荡从容、博爱无私、令人唏嘘，深为感叹！老子云：大音希声，大象无形。庆龄是也。于是作赋以赞之，兼怀中山先生。

　　嗟夫！女之为美，容颜之美也，才识之美也。

　　容颜之美，古有沉鱼落雁、闭月羞花之誉；才识之美，史有赋诗歌词、琴棋书画之载。然哉，纵观古之美女，青冢孤坟、幽怨怆叹者众；名留青史、芳传万代者少。何故？《书》曰："黍稷非馨，明德惟馨"[1]。女子之美，有貌美美于德才者，有德才美于容貌者，而德、才、貌三佳者，古今几人？

　　庆龄大美，可谓唯一。伟人曾有赞：宋氏凤凰，国之瑰宝，并世无双，全党唯一。[2]朋友亦有评：亦菊亦石，高洁勇敢，貌为花朵，心为雄狮。[3]

---

　　① 见《尚书·君陈篇》。

　　② 毛泽东评价宋庆龄是"宋家飞出的金凤凰"。周恩来评价"国之瑰宝""在中国有百万共产党员，但只有一个宋庆龄"。

　　③ 何香凝评价宋庆龄"唯菊与石，品质高洁；唯菊与石，天生硬骨。"路易艾黎评价："一朵永不凋谢的花朵，永远使人鼓舞，永远使人感到她的存在。"罗曼罗兰说"外表是一朵柔美的花，内心却是一头力图冲破落网的雄狮。"史沫特莱赞叹为"中国的圣女贞德。"

由此赞曰：

庆龄貌美：秀色若菊，气清如兰；怀瑾握瑜，日月经天！

庆龄学高：天资颖秀，才慧双全；众长博采，中西融兼！

庆龄志大：抱志救国，心忧民安；赴汤蹈火，侠胆义肝！

庆龄德馨：美玉无瑕，璞石柔坚；天生硬骨，不畏强权！

叹小小年纪，有鲲鹏之志：关注民生，忧思国运；赞娇娇女儿，有凌云之举：负笈异域，研习中外。纵横捭阖，为强民富国而呼号；披肝沥胆，为改革国运而奔走！贵为国母，贤淑文静，爱国爱民，万众景仰；贱为草民，坚守执着，矢志不渝，青史流芳！

犹记百年前夜，细雨迷蒙，十八少女别慈母，只身东去赴情郎，成就英雄美女之佳话；常思并蒂之时，烛盏昏明，半百男儿誓旦旦，虽死无悔结同心，塑造爱情忠贞之高标。感慨"精诚无间同忧乐，笃爱有缘共此生。"① 深佩"十年共枕披肝胆，半世分离守志坚"②。

---

① 孙中山曾题词："精诚无间同忧乐，笃爱有缘共此生"致赠宋庆龄。

②《宋庆龄年谱》主编、宋庆龄研究专家盛永华对外披露，《年谱》中收录了大量宋庆龄的个人信件，都足以佐证宋庆龄对孙中山的爱情终身不渝。"例如在孙中山逝世50周年纪念日之际，宋庆龄在致友人廖梦醒的信中写道：'所深爱的人，诀别而去，所承受的悲痛也就更深沉，只要我活着，我内心空荡荡的感觉和悲伤将永远不会消失。'当时宋庆龄已年过八旬，但她在信中还表示：'终有甜蜜和爱恋的记忆留在心间。'"

执子之手，与子偕老；蜡炬成灰，春蚕丝长。

乙丑春月，中山仙逝，庆龄受"和平、奋斗、救中国"之嘱托，不惮女子之身弱，出访苏联，客旅欧洲，考察世界大国，研读马列著作，与流亡欧洲之革命者共谋强国富民、振兴中华之良策，誉满全球；丁丑夏日，国家蒙难，庆龄目睹异族入侵、生灵涂炭、山河破碎之艰险，不吝一己之力薄，殚精竭虑，力倡"尽弃前嫌，团结一致，抵抗外侮，争取胜利"之方略，为国共第二次合作搭桥铺路，为救人民大众于水火之中而鞠躬尽瘁，功勋卓著！新中国成立后，庆龄竭尽全力投入妇女儿童之文化、教育、卫生与福利事业中，为世界和平、人间和美献计献策、躬身践行，贡献至巨！

子无子女，爱如春晖；子无亲人，情满天下。

美哉，庆龄，水利万物而不争，日照众生而不言！

大哉，庆龄，大爱史册永留芳，懿德万世皆垂范！

灯下静思，有女来访。颜如云中之月，眸若青天之星，步态款款，神思闲闲，其气若兰，其言如玉：我生为君，我死为君，今生今世，唯君相依；君生为众，君死为众，今生今世，唯君相随……

于是佩其忠贞，感其不渝，赋而颂之。不期东方已白，熹微渐辉，寰宇自明矣！

丙申冬月十二日于银川阳光书屋

欲写宏篇唱大风

古风篇

写给母亲生日的打油诗

妈妈七十八，头发白花花。

从小脾气大，无人欺侮她。

老来健步走，身板顶瓜瓜。

戴上老花镜，缝衣又绣花。

兴来研墨宝，画字兼涂鸦。

新近有任务，照看重孙娃。

重孙满八月，满地滚又爬。

欺侮太姥姥，说话哇啦啦。

太姥耳朵背，笑脸赛菊花。

伊呀学稚语，也变小娃娃。

七八加零八，老少人人夸。

都是幸福娃，全家乐开花。

回老家即兴

农家无闲月，六月更繁忙。
披星采杞去，戴月收麦黄。
我至黄昏后，闲话唯爷娘。
黎明前即起，信步前后庄。
不见人迹响，唯闻鸟百腔。
偶听雄鸡唱，青虫鸣锵锵。
放眼满塬绿，参差油菜黄。
葵花朵朵日，玉秫杆杆枪。
若有兵千万，青纱身可藏。
低头镜湖影，回首日东方。
鸟雀擦肩过，婉转话家常。
生活多妩媚，怡悦诉衷肠。

丙申溇夏记事

薄云暑气微微冷，浅睡枕席淡淡凉。
喷嚏一声惊鹊醒，叽喳呼叫绕南窗。
起身厨下忙煎药，汤滚味浓满院香。
遥想神农尝百草，愿学仲景觅良方。

老家纪行

俟^①有空闲想老家，老家有我爸和妈。

爸妈多老撑天地，才有温暖幸福娃。

脚踏大门闻笑语，亲戚邻人列如麻。

西厨腾雾蒸玉黍，东灶生烟烤新茶。

洋芋包子倭瓜饼，葱油白菜辣椒花。

公爹炕上悠闲坐，倚被直把政策夸。

低保劳保样样有，退耕还林半山洼。

雉鸡羚羊野狐狸，偶尔可见野狼娃。

突兀耳边机声震，原来八叔把地挖。

平田整地打基础，盖起瓦房一十八。

热水器，房顶架，农人也要洗澡啦。

土天土地半辈子，不为享福为了啥？

众人闻言哈哈笑，光阴好坏靠脑瓜。

腿勤手快不偷懒，奋斗摧开幸福花。

----

①俟：读 sì。等待。

回乡偶书

老母出门看，老父倚窗前。
笑比菊花灿，温言暖心田。
才说路途远，又怕不回还。
袅袅炊烟起，悠悠瓜菜甜。
殷勤忙劝慰，出进乐颠颠。
忙乎时已晚，牵手送前川。
嘱咐身体好，叮咛过万千。
依依挥手去，眷眷说不完。
念念慈父母，恩情重如山。

清明节有感

天地清明好，人间欲语迟。
焚香聊寄意，剪纸化相思。
犹记门前柳，先君亲手植。
植柳盼儿大，又疑儿不归。
倚门常守望，出进缓声催。
衣食可温饱，远途是否危？
叮咛事事细，吩咐条条齐。
转瞬八年过，无缘见父慈。
清明遥祭拜，泪雨梨花飞。

赋母亲携姊妹新疆寻亲①

忆昔外祖从戎地，远隔天山几万重。

家小嗷嗷且待哺，老人累累亦需供。

艰辛度日赖祖母，岁月青春守夜空。

巨变沧桑人未料，归田解甲兵转农。

遥怜儿女肝肠断，忧思亲人泪满胸。

塞外胡笳语凝涩，故乡杨柳唱春风。

夫妻相聚难分舍，父母牵儿难启程。

更有小女才豆蔻，怯怯明眸揪心疼。

男儿壮志亲情绊，纵有凌云义气空。

斗转星移半世纪，外祖作古十余年。

孙儿兵戎守边地，重走和田祖愿还。

特邀姑母和父母，一行五人追古今。

胡杨不倒风骨在，白发黄叶两相亲。

------

①外祖父杨公永声，字闻天，生于公元一九二零年九月十六日，中央陆军军官学校黄埔第十七期第十一总队步科毕业，曾任职于中华民国陆军部队，1949 年 9 月 25 在新疆起义后任职中国人民解放军二十二兵团第二十五师司令部辎重队队长，1951 年春回乡探亲，因父母妻女挽留，自离职守，酿成终身憾事。时隔半个多世纪，孙子卓伟远赴和田，遂成祖父心愿。2016 年 11 月 10 日母亲携众姊妹远赴新疆，可谓重游故地，以遂父亲心愿。（外祖父有子女四人：长女晓兰（我母亲）、长子瑞兰、次女新兰、小女雪兰。孙二人：女孙卓平、孙子卓伟。）

丙申十月初一送寒衣有感

不忍分阴阳，还寝梦故乡。

先尊音容在，烟草味如常。

青瓠做羹苦，^①紫茄夹菜香。^②

晨昏心自喜，早晚有阳光。

出入双飞燕，清音绕余梁。

八月六日记事

昨夕散步雨微寒，体弱偏偏着衣单。

半夜忽然惊梦醒，全身奇痒挠也难。

点灯拭镜忙探看，红疹丛丛似菊圆。

遂忆小时卧床上，青龙白虎疗疾顽。^③

如今慈父已仙去，调墨挥毫写也难。

热泪潸潸细雨洒，音容历历在目前。

人间多少幸福事，最是父母都健安。

---

①父亲当年做的瓠子菜，味精放多了，特别难吃，但因为生活困难，很难吃到一顿有"菜"的饭而不舍得倒掉。

②紫茄夹菜：是父亲创造性的饭食。相当于现在的茄盒。

③青龙白虎：乡俗有在身上书写"青龙白虎"字样以治荨麻疹的办法。"左青龙""右白虎"是父亲给我治疗"荨麻疹"时常常念叨的句子。

念女儿

清秋寒冷,拥被自暖,思女儿远在咸阳之西,学农于田亩,有感而作。

梦醒清秋早, 贪眠梳洗迟。

拥衾怀所念, 所念咸阳西。

踏露迎霜去, 娇儿侍田畦。

侍田有远志, 敢比羲农齐。

天下为母者, 却盼儿早归。

甲午冬月初四日晨记事

一夜酣眠醒, 倚床遥问夫:

寒枝着雪未, 天色阴晴无?

卷帘人不语, 豁朗开窗幅。

迎面清风至, 紫阳照满屋。

时光荏苒过, 转瞬一岁除。

感物衰荣替, 唏嘘人生浮。

丙申头伏二日记雨

头伏二日雨丝长，潺暑渐消地气凉。
遥想荷塘姿态秀，欲开门户母呼忙。
昨儿①艾灸才薰罢，今日潮湿易受伤。
停步桌前思忖久，柔毫难写紫微长。

打油诗一首记事

午间弟子献浓茶，欲为老师解困乏。
困解乏消难入睡，翻身书斋觅清嘉。
夜深不觉寒气渐，索句未成霜凝花。
厚褥重棉忙铺盖，两腿犹自似冰瓜。
辗转腾挪烤电毯，急切盼望太阳花。

---

①昨儿：昨日。中原农村"昨日"的口头语为"昨儿"。

赋喜鹊临窗

已未冬月十八日见喜鹊安卧窗前廊檐下，有感而记之

鹊来窗外立，歪脑窥书房。
见我忙回首，举翮翼翼慌。
旋飞疑要去，转瞬停檐廊。
只为夕阳暖，追随安卧长。

平安夜有感

已未十一月十四日，适逢西方平安夜，圆月如镜，清凉如水。有感。

岁月望平安，身心求颐乐。
人生若漂蓬，转瞬已成客。
唯念远山苍，故思少笔墨。
怀乡竹叶青，忆旧冰河阔。

生日寄亲人

　　已未十一月十三日,恰逢生日,夫君出差,爱女求学,老母远在故里,唯余一人,空守寒巢,心境凄然。不料姊妹兄弟朋友故人,热心祝福,真诚关爱,一时网络阻塞,情感充盈,有感而发,赋诗数首,以谢诸位亲人朋友。

半百匆匆岁月长,忧思父母育儿忙。
一茶一饭勤关照,数月数年竭尽腔。
既盼儿女快长大,又恐插翅走四方。
期期艾艾父母意,懂懂懵懵儿女肠。
今日独坐忽醒悟,报答亲恩趁时光。

已未生日谢友人祝福

已未十一月十三日,恰逢生日,夫君出差,爱女求学,老母远在故里,唯余一人,空守寒巢,心境凄然。不料姊妹兄弟朋友故人,热情祝福,真诚关爱,手机嘟嘟,情意充盈,有感而发,赋诗一首,以谢诸位亲人朋友。

人生不易见,行动若参商①。

今夜复何夜,祝福网络忙。

殷勤嘘冷暖,情谊谁短长?

我欲抱明月,还君一片光。

---

①参商:星名,参星居西方,商星居东方,二者各据一方,一星升起,一星落下,永不能相见。

教师节写给自己的打油诗

从教二十八，青丝变白花。

莫问苦和累，幸福大过它。

讲台有魔力，三尺境无涯。

吞吐莲花秀，开合锦绣霞。

学童有所悟，师者笑哈哈。

喜乐同分享，悲欢共解答。

谁言烛泪尽，君看满天霞。

甲午七月十日雨中所见

杂花因风瘦，野草浸雨肥。
斯人倚楼上，闲看檐雀飞。
檐雀几出进，几度又飞回。
劳劳育子女，碌碌鬓毛衰。
长坐叹父母，人禽理相随。

遥和友人赠诗

有朋自古原，欣喜舞蹁跹。
出户远迎去，却见在眼前。
秋树结籽重，晨光霜叶间。
携手轻迈步，回眸笑语喧。
叽叽论时事，侃侃书案前。
谁说此女子，不如雄才男？
转瞬入厨下，洗手做汤丸。
庶几杯盘尽，同心话不完。
念念此情意，迢迢青鸟传。
感怀诉流水，眷眷倚高山。

陪四叔①游宁夏（二首）

其一

四叔有大志，少年便从游。②

出口文章秀，挥豪意气牛。

翩翩倚才重，切切分国忧。

执卷学数理，负笈梦鸿猷③。

霜降百花落，浩劫万木秋。④

磋砣人情冷，荏苒半百休。⑤

---

①四叔：四叔亚民，三祖之长子。生于 1936 年，祖籍甘肃省静宁县古城乡。1950 年毕业于庙儿堡完全小学，是年秋考入静宁县中学。1956 年毕业于静宁县高级中学，是岁秋考入陕西师范大学物理系。1960 年大学毕业，分配至陕西省乾县高级中学任物理课教师。

②四叔自小立大志，为民请命，为国出力。很有儒家"达则兼济天下"的抱负和理想。1958 年 9 月四叔于陕西师范大学作《狂诗一首》，其中有"西北才子陇东娃，负笈长安学理化。大山铸就太白风，黄土酿成诗胆大。"之句。

③鸿猷：猷，读 yóu。大业、鸿业、大计。

④1964 年四叔在全国掀起的社会主义教育运动上因为《饿乡记忆》长诗受到冲击，下放至陕西乾县梁山公社林沟大队劳动改造。（附《饿乡记忆》部分诗篇：那年初秋回故乡，满目萧条与苍凉。家家贫穷如水洗，户户皆无隔夜粮。砸锅炼铁为炼钢，公社食堂喝清汤。老人乏力低无语，儿童饥饿哭喊娘。惊天惨剧漫走廊，百万苍生遭惨殇。千里河西少炊烟，劫后余生逃陕疆。甘肃事件惊中央，派团检查到地方。紧急调运救济粮，分田到户散食堂。安抚工作紧跟上，组队入陕接婆娘。饥民感谢共产党，但恨不杀张仲良。（张仲良时任甘肃省省委书记））

⑤1978 年四叔平反，已经年过不惑，成为中年人了。

唯有咸阳女，与子结绸缪。①

春暖醒枯木，路长知紫骝。②

执鞭半百过，平生志气酬。

花甲回乡里，古稀携伴游。

朝从黄河去，暮至沙坡头。

临河有诗赋，吟句登高楼。③

常恐秋节至，时惜雪上留④。

抚膺应长叹，夕照不言愁。

其二

四叔自咸阳，起兴游宁夏。

老妻身后随，儿媳伴车驾。

更有众子侄，承欢在膝下。

凤城有千湖，座座景如画。

留恋不知回，唏嘘老泪挂。

感叹时光浅，瞬息怨造化。

登高望远途，葳蕤生脚下。

老骥虽伏枥，志犹千里跨。

眷眷告子孙，奋发为华夏。

---

①绸缪：指四叔下放劳动期间与四婶相恋结婚。绸缪，情意殷切。

②"文化大革命"结束，高考恢复，四叔很快被聘为陕西乾县阳峪中学任高中物理教师，得到精神及肉体的彻底解放，病树芽发，沉舟扬帆，开始了自己人生的第二个春天。紫骝：古代名马。

③2012年夏天，时76岁高龄的四叔不顾年岁高迈，携老妻由儿子媳妇孙儿作陪，回乡探亲，并游览毗邻省份宁夏等县市，一路走来一路诗赋，乐而忘返，作《宁夏组歌》十一首。

④雪上留：宋代苏轼有"人生到处知何似，应似飞鸿踏雪泥"（《和子由渑池怀旧》）句。喻人生漂零，时光易逝。

闻银川获全国生态旅游城市，喜而记之

喜讯连绵紫气长，佳音频度传家乡。

驱车直入无人境，低吟高歌喜欲狂。

暗自回首怕调笑，痴情一片冰心藏。

却看沙海今何在？科学治理是良方。

丙申九月十三夜记梦

牵心最是娇娇女，憨态依依偎我怀。

转眼婷婷花月貌，一颦一笑见贤才。

常怜人小志高远，感叹独生德美乖。

自古人情偏爱子，不求名利祈福来。

记　梦

梦里几度秋雁回，抬首青阳正冬围。

时令不解春风意，雪霜冰雨紧相随。

才得木叶觉霜降，又有飞花静入怀。

休笑戚戚儿女态，粉墙鸿影竞时飞。

望日赏月

　　壬辰之秋，八月既望。与文友小慧相约出游。夕阳既落，红云衔山，驾车西驰，取道典农河畔，奔于八荒之上，水明如镜，路宽心畅。夹道树影丛丛，秋叶缤纷，千朵葳蕤，万花竟放。飘飘乎有扬鞭催马之意，翩翩兮有仙鹤起舞之情，激情高涨，心旌摇荡。

　　已而青鸟展翅，四野沉寂。登览山，下阅海，观灯海灿灿，赏月华冉冉。一时天宇清阔，树影幢幢，鸟栖虫鸣，万籁阒寂。不禁生感怀之心、忧思之意。遥想壬戌秋月，前师苏子泛舟赤壁，望明月而起人生不遇之情，遇秋风而感生命长短之悟，其情其怀，若清风明月代代年年，相传而今。虽此月非前人之月，此风亦非前世之风，然情理缘由取之一也。惭无大家之才，更少英雄之襟。聊涂鸦以谢同行之深意。其诗曰：

相约登高处，赏月与君同。

冉冉物华渐，一轮天地清。

遥遥灯似海，明灭比繁星。

回望镜湖里，粼粼舞蛟龙。

龙宫摆盛宴，宫女穿堂行。

叮叮钗环动，款款步凌风。

琼浆泄流水，珍馐弃残羹。

晶莹珠宝秀，璀璨有鼎铛。

忽感秋风劲，夜深孤月明。

四顾无人迹，静听有鸣蛩。

落寞仰首立，惆怅因人情。

遥知田畴里，父母收谷忙。

又念小兄弟，打工夜夜长。

无人问寒暖，甘苦自品尝。

清风遥寄意，共月两忧伤。

祭父文

小序：父讳振杰，小字明明，生于公元一九二九年三月十三日，农历己巳年二月初三日，殁于公元二零零九年二月二十日，农历己丑年正月二十六日六时三十分。享年八十有一。公元二零一二年二月二十日，农历壬辰年正月二十六日，则父亲三年祭日，遂撰文以祭。

岁次己丑，季逢孟春。

时维正月，序属阳节。

慈父撒手，不孝泣血。

日昏月亏，山崩地裂。

时光荏苒，转瞬三年。

仙鹤杳然，笑貌萦前。

父慈子孝，温语欢颜。

转怀绕背，娇态憨憨。

忠厚博爱，立家之源。

读书知礼，德行两全。

上敬老母，下宥子宽。

历历在目，其声其言。

父之失怙，未及弱冠。
饱尝冷遇，备受艰难。
寡母体弱，兄弟韶年。
相亲相爱，珍重自怜。
携弟稼穑，以期丰年。
伴母缝纫，不忍劳寒。

父之耿耿，乡邻口传。
常怀结草，永记衔环。
教诲子女，知恩图还。
舅父杨氏，接济油盐。
杯水车薪，常记心间。
笃诚刚正，良善厚宽。

投身革命，奔走乡关。
要粮求款，心念民安。
慰人疾苦，不做狂言。
信仰坚定，对党诚虔。
饥肠辘辘，昏倒路边。
不食叶粟，百姓为天。
一生小职，人人敬谦。
街评巷议，君子翩翩。

父之慈爱，感动上天。

孜孜以养，竭力尽肝。

奉汤侍药，老母身安。

掰分细算，子女承欢。

减己口粮，加子饭餐。

忍饥挨饿，力保齐全。

家有贤妻，达理知书。

持家勤俭，育子其淑。

自种田菜，自缮土屋。

以苦为乐，自给自足。

艰辛劳碌，其乐融融。

儿女进步，父之为荣。

成家立业，子孙繁荣。

事业欣欣，自喜拊膺：

此生无悔，亦足此生。

再无心事，子自躬行。

子女欣慰，亦时惶惶：

哀我父亲，荣华未享。

怀我父亲，富贵未尝。

念我父亲，慈爱如光。

寸草未报，未有尽飨。

泣血顿首，难表衷腔。

依依寸草，袅袅春光。

父慈永在，山高水长。

壬辰正月次女慧萍携婿继业及外孙昊青叩首于先考府君之灵前。

评论一　心藏盛景花枝俏
——读邹慧萍女士古典诗

武淑莲

一、邹姐其人

"邹姐"是我们对邹慧萍女士亲切的惯称。她是宁夏大学中文八五级，比我高一年级，又是老乡，大学高年级时就认识她，走在路上，或站下来问候，啥时候都是笑吟吟的：亲切、温暖、如沐春风。邹姐毕业回了固原师范任教，后师范院校撤并，有一部分老师去了中学，一部分去了高校，邹姐去了宁夏幼高专。从大学至今，和邹姐的交往就是不断在刊物上读她的散文。大多是写故土故园的人和事，乡土气息、生活气息扑面而来。动人的是她娴熟老道的笔法，是满蕴着爱与感恩的情怀。美好的情感，独特的审美，总能让人在庸常的生活中读出各种"美好"和"诗意"。

邹姐有一个温暖的家庭，全家堪称学霸型知识分子家庭。与夫君相悦互进，且喜且怨，与学霸理工女儿欲比人文情怀。邹姐像个"大宝贝"，是家里"爱"的核心与源泉。可贵的是，温馨的家庭生活并未消褪邹姐对生活诗意的追求。邹姐爱家、爱事业、更爱学生。一心扑在教学工作上，对普通话的朗读与指导，倾注了心血。于2016年出版了《最美中华古典诗词100首诵读指导》，其认真的发音，纠正、校对，其用心的遴选、撷取，满满的是对古典诗词的热爱和对学生"美好之音"的殷殷期待。

与邹姐近年来接触稍多，相聊甚密，愈发觉得邹姐身上从内而外散发出来的乐观、明亮、古典、优雅的知识分子气质。衣品、举止、言谈都浸润着古典的诗意，但又丝毫不让人感到距离感，相谈甚欢时，妙语叠出，诙谐俏皮，如沐春风，不亦快哉！

二、邹姐的诗词

邹姐的创作由散文至古典诗词，可以说越来越"高大上"。及至某天接到厚厚的一摞诗稿，说要出版，确实吓了一大跳。原以为邹姐就是且教且写，亦教亦读，偶尔朋友圈里即兴口占一绝，不想日积月累，竟有了如此之多让人望而却步的"高深"大作，着实令人啧啧称赞！

"冰冻三尺，非一日之寒"，还是很想揣摩、寻绎邹姐的诗心、诗情、诗路，试着读懂她丰富的内心与情感。当然，我自己对古典诗和格律诗真的不敢贸然感喟，搜肠刮肚也很难找个准确的类似于"意境""有味"的词来概况邹姐的诗词创作。就感性地觉得是生活中各种有爱的怡怡之情，成就了美好的诗作。在诗词作品中流露的是清丽典雅、阳光明媚、少有愁怨的诗词美学风格。确如她说的"心藏盛景花枝俏，不管春夏与秋冬"。

在邹姐的笔下，万物皆景，物我为一。她善于在日常诸生活、诸景物里进行审美超越，在庸常的生活中发现美、欣赏美和创造美。在自然山川、历史遗迹、农家小园、校园四季、城市街区、小区道路、居家寓所、亲友小聚……各类风景，各色物种，在她的笔下，物我为一，主客相通，自然万物都成为她抒情言志的对象。

最突出的是用她美好的情感、丰富的内心审美需求、独特的审美情怀，唱出了一曲曲对人情美和自然美的颂歌。

邹姐有一颗真善美的美好心灵，有一颗热爱生活的心灵，有一颗被古曲诗词浸润的心灵，因而诗词的情感主色调是积极乐观、明朗向上的，是清丽典雅的审美风格。诗词里处处用典，句句含情，用古典的情怀呈现着她丰富、敏感的内心世界，虽然也有古典诗词固有的多愁善感，但并不悲观，洋溢着坚毅、向上的正能量。光是与"紫"搭配的词，就可以罗列出一大串：紫日、紫气、紫云、紫台、紫轩、紫烟、紫光、紫溪、紫树、紫藤……说明主体的情感倾向是美好的，但也不乏一些"淡淡的哀愁"的意味。写诗词是回避不了悲苦之情的，这是中国古典诗词的特质。但是邹姐擅用典、会化典、反用典，读来温馨明亮，清丽中带着温暖，典雅中带着质朴，乐观中略带着点忧愁。她笔下众多的写亲情、友情、爱情、人情的诗词篇章，构成了她的情感之美，可谓是一曲曲人间美好情感的赞歌。

邹姐诗词的另一个特点是四季之歌。春夏秋冬，四个篇章，是她的专题表现，可见四季更替、季节轮回、时序之变给予作者的心理感爱和情感变化的影响之大，也在一定程度上反证了作者古典的情怀、敏感的内心、丰富的感受、独特的审美。春的生机，夏的灿烂，秋的意蕴，冬的静美，都是她要呈现的审美意蕴，她把季节变化与心绪变化、人生感悟结合起来，构成了独具审美情怀的四季之歌。

三、不一样的人间烟火

邹姐的《轻抚丝线唱素秋》分为春之篇、夏之篇、秋之篇、冬之篇以及友情篇、行吟篇、辞赋篇、古风篇共八个章节，内容丰富，万物皆景，诸事有情，源于邹姐深厚的古典文化和知识底蕴。在这里可以捕捉到本土化、地域化的地理名词。阅海湖、绿博园、镇北堡、海宝公园、唐徕渠、北塔湖、西夏公园、黄河古渡、乡下老院、雨后校园等等，既是日常生活足迹和范围，更是作者将自然之景心灵化、审美化的抒情对象，将地理名词和个人感情水乳交融，是将日常生活进行升华的审美活动。这些诸多具有地域文化特色的地理名词，可以看做是作者对地域和本土文化的自觉建构。

同时邹姐的诗词辞赋中多用典、擅用典、能化典，俯拾即是。在文本后进行了细致的注释和说明。这些文字绝不是等闲之笔，是作者对典故、来历、民俗、礼仪、发音、理解的详细释义、批注、说明，也是传统古典诗词文化严谨、传承的标志。这些注释构成了有效的"副文本"，和正文相得益彰，对正文的理解起到了有效的补充和深化。这也从另一个方面说明邹姐在创作的过程中对文字、对意境的珍惜和尊重。

邹姐是热爱生活和会生活的人，是对生活有讲究、有要求的人，在生活中是个有滋味有情趣的人。生活的滋味使她的作品弥漫着生活的烟火气，但邹姐的人间烟火是古典的情怀和韵味。

邹姐是低调、诚恳而谦虚的人，是"腹有诗书气自华的人"，她看见学生的成长与收获，也可能比她自己的收获更欣喜。

邹姐的诗词大作要出版了，写了以上的文字，算不上书评，是一些自然想说的话，权作是对邹姐诗词作品的一个感性印象吧。希望今后邹姐的诗在题材表现上更开阔，在诗境上再拓展，在审美风格上再多样化。

（武淑莲，女，1966年11月出生，宁夏固原人。文学硕士，教授、硕士生导师。现任宁夏师范学院研究生处处长。1990年7月毕业于宁夏大学中文系。2003年毕业于陕西师范大学中国现当代文学硕士专业。2007年赴澳大利亚国立大学"高等教育行政管理"短期研修。系固原市作协副主席，中国评论家协会会员，宁夏评论家协会理事。多年来从事中国现当代文学以及"西海固"文学的教学和研究工作。发表学术论文60余篇。出版学术专著《心灵探寻与乡土诗意》和散文集《真水无香》。）

评论二　四季霓虹，随缘悦心

王晓静

　　《轻抚丝弦唱素秋》的作者是大学时高我一级的师姐，她来自文化底蕴厚实的甘肃静宁。在校时曾听说，她在中学时就有作文获奖，后来的写作自然是无法止步了，想来她在大原上脱颖而出的机遇大概就在那个时候。

　　读到她的散文集《行走的阳光》，诸多细腻的情感，写遍了那个大原与她的种种因缘，生长的足迹与泥泞的小路是混合在一起的。"父母在家即在"，一句话说尽了每个游子与故乡渐行渐远的距离，回不去的惆怅，至今沉沉地压在心头，原来某种心境，是能够如此淡然说到位的。

　　三十多年，师姐在工作生活中依然不断有新作出现，断断续续地读过一些。当她把新近要出版的一本古体诗集的打印稿给我，面授可以读一读，写点感想的时候，我却迟迟无法翻阅，更无从下笔。在案前如举箸，不知如何与这充满古风古雅情调，又鲜活在当下的境致连接，不知如何寻得起这缘起。

古诗之美，缘于古人之精气神的纯粹，至今仍对那些团如凝胶而质地透明的诗词，无从解释，看一些别的解说，总觉得那些带着主观色彩的解说，如同在水晶上蒙了一层尘纱，意犹未尽，而且破坏晶莹；从小学到大学课堂上，老师的讲解，与蒙纱之举似乎是换了一种形式，还是半懂不懂。这是自读书以来比较顽固的执念，也是阻碍阅读师姐《轻抚丝弦唱素秋》的惯性，拖得久了，欲是顾左右而惭愧。

综上所述，不敢说的真心话是：从未读懂过古人写的诗，也无法读懂今人写的古体诗，因为心怀无名畏惧！读到师姐《轻抚丝弦唱素秋》，只有艳羡的份，还是无法进入古体诗词的审美世界，说点题外话，借以补充一点这本古体诗词集的延展性。

《轻抚丝弦唱素秋》——原来是弹琴歌唱的美景烘托出一位隐在幕后的女子，徐徐展开的意念，慢慢散出无限的氤氲气象……古诗之美，韵味在此！难怪师姐要费力费时在古体诗的田园里耕耘不辍，还能集成一本书出来。一根丝线是释放艳丽色彩的，一缕霓虹是煊美人间的，终于能看清她给自己塑造着怎样的生活景致，于美景美情的深处，绽放的花蕊是无声无色无香的。

这本书里有春夏秋冬四时之景，一曲"东风破"，传递出塞上湖洲草竞发的万千气象：招引思情，移目聘怀，寻春、探春、访春、问春——塞上春色，笔底尽染；醉春风、笑春风、舞春风——或岁月静好，绿柳桃红，雨燕风鹭；或心事阔远，大道纵横，长河驰骋。春在画中，画在诗行里，斜风细雨，

翡桃翠柳——意象旖旎；万绿千红、紫岫粉面——色彩斑斓，
描摹出春光春色春景春情，四时之景一时齐聚春色里，全被
打开了扑向人间的栅栏。

夏天浓烈奔放，静听雨荷竹喧、蝉噪蛙鼓，切闻雨急风骤、
犬吠鸟鸣，坐看林深花重、云卷云舒。秋天的萧瑟知性、果
实累累都被热爱生活的心情所感染，一路风云雨雪所到处，
皆是赤橙黄绿青蓝紫的彩色斑斓。冬天的白色，也像变化的
魔术，素色里布满着憧憬中无尽的春色绚丽。

一切美好的心境皆源于身后的依托，天地万物、四时之
景，故乡亲情，负重劳作，药食同源……她无不心怀感恩，
溢美之词无需较量孰轻孰重，就这样毫不掩饰地拿出来，在
贴近古风之美的道路缓缓前行。

布在四季之后的友情篇，写故人情谊，淳淡而深厚。行
吟篇、词赋篇、古风篇，兼具各种古体诗词变化。化用古人
诗句，浑融完整，不着痕迹；呈现自然景物，以描摹见长，
以刻画见功，充分展示出作者在传统文化方面的艺术素养和
追求，不管体例和韵式是否合乎古典规范，但求新求变，不
断尝试的勇气足够让读者赞叹不已，真可谓：四季霓虹，随
缘悦心。

（王晓静：女，汉族，1968年出生于宁夏同心
县张家塬乡汪家塬村石家庄社。1990年毕业于宁夏
大学中文系，2010年获得硕士学位。中国文艺评论
家协会理事，宁夏文艺评论家协会秘书长。文学创

作二级作家。出版文学评论集《梦断乡心又一程》，文艺评论集《落花有意染衣袖》。论文入选《以人民为中心的价值取向与当代文艺评论》《中青年文艺评论文选》等。2018年获第九届宁夏文学艺术奖文艺评论一等奖。）

跋　诗里功夫和诗外功夫
——浅谈我的诗词创作

严羽《沧浪诗话·诗法》说："学诗有三节，其初不识好恶，连篇累牍，肆笔而成；既识羞愧，始生畏缩，成之极难；及其透彻，则七纵八横，信手拈来，头头是道矣。"潘德舆《养一斋诗话》卷二也说："诗有三境，学诗亦有三境。先取清通，次宜精炼，终尚自然，诗之三境也。先爱敏捷，次必艰苦，终归大适，学诗之三境也。"他们的说法，可谓经验之谈。我的学诗写诗的过程，大约也经历着这样的过程。其实，准确地说，只是经历了他们所说的第一和第二个过程，其三，不论是"境界"还是"三节"，都不容易达到。

客观而论，每一个学诗的人基本上都需要经历从"初生牛犊不怕虎"的自信到"成如容易却艰辛"的历练，最后才能达到"透彻"和"大适"——按照元好问的话说就是"一语天然万古新，豪华落尽见真淳。"（元好问《论诗三十首·其四》）的终极目标。

应该说，这样的终极目标是每个诗人孜孜追求的最高目标，也是每个诗人心中永远的灯塔。

成就如唐诗双壁之李白杜甫者了无几人。但只有李白敢说"清水出芙蓉，天然去雕饰"。虽然杜甫称赞李白"笔落惊风雨，诗成泣鬼神。"（唐·杜甫《寄李十二白二十韵》），但是对于自己的诗，杜甫的态度是谦虚而谨慎的："为人性僻耽佳句，语不惊人死不休"（杜甫的《江上值水如海势聊短述》）。李白也曾戏言杜甫为作诗所苦："借问别来太瘦生，总为从前作诗苦。"（李白《戏赠杜甫》）可见，学诗没有不用功就可以达到至高境界的。

关于学诗之苦、吟句之难，古之诗家有不少趣事逸闻。

先不说"吟安一个字，拈断数茎须。"的唐朝诗人卢延让的《苦吟》。就说说被誉为"苦吟诗人"的贾岛吧，他在做诗上可谓狠下功夫。据说他的每一句诗甚至每个字都是经过仔细琢磨的。相传，有一年秋天，贾岛到京城长安去赶考，他看到长安街上，到处都是被风吹下来的落叶，就做了一句诗："落叶满长安"。他想再做一句诗，可一时又想不出好的句子来。越是想不出他就越要想，想着想着，不觉走到了渭河边上。他看到一阵秋风把渭河的水吹起了许多波纹，就把这一句诗想出来了："秋风吹渭水"。贾岛为作诗而苦吟的故事还有不少，他曾经写道："两句三年得，一吟双泪流。知音如不赏，归卧故山秋。"极言炼句时间之久，得句吟成之欢。

作为初学者，把自己不成熟的古体诗词结集成册且出版面世，心底里确实是惴惴不安、诚惶诚恐的。想来和王建、朱庆馀笔下的"新嫁娘"心理颇为相似："三日入厨下，洗手作羹汤。未谙姑食性，先遣小姑尝。"（《新嫁娘词》唐王建）"洞房昨夜停红烛，待晓堂前拜舅姑。妆罢低声问夫婿，画眉深浅入时无。"（《近试上张籍水部》唐朱庆馀）面对挑剔的"舅姑"，这本诗集能不能经得住检验？自忖良久，以"丑媳妇终归要见公婆"的勇气公诸于世，一是作为自己阶段性写作的一个交代，二是为后学者（包括自己）提供可资借鉴的例证（正反两厢都可为例）。

先说不足。首先，功夫未到。作为一名业余诗词爱好者，未有"吟成五个字，用破一生心"的历练，也没有"可惜一生心，用在五字上"的痴迷，只停留在随性而写，随情而赋。随心随性的结果也就有了成百上千的数量，正应了严沧浪"不识好恶，连篇累牍，肆笔而成"的推断。结集出版，敝帚自珍而已！

其次，读书不足。杜甫曾说"读书破万卷，下笔如有神"极言读书对写诗之作用，明代徐祯卿也说"昔桓谭学赋于扬雄，雄令读千首赋。盖所以广其资，亦得以参其变也。诗赋粗精，譬之絺绤，而不深探研之力，宏识诵之功，何能益也？故古诗三百（指《诗经》），可以博其源；遗篇十九（指《古诗十九首》），可以约其趣；乐府（指汉魏乐府）雄高，可以厉其气；《离骚》深水，可以禅其思。然后法经而植旨，绳古以崇辞。虽或未能臻其奥，吾亦罕见其失也。"他不仅指出要读书，多读书，而且把要读的书目也一一列出来了，并且详述其不同目的。可见，读书之重要作用。

回顾我的读书之路，虽然从小到大，从大到老都没有脱离书本的熏陶，但不求甚解者多，精研细磨者少，诗三百、汉乐府、古诗十九首、楚辞、汉赋、唐诗、宋词、元曲……仅仅停步在涉猎之境上，未有饱读，更不用说深思了。对于古典诗词，虽然喜好，仅限于略通格律音韵而已。曾经为教学之便编写过一本《最美中华古典诗词100首诵读指导》的书，应该说，是编写这本书的过程激发了我对古典诗词的热爱和兴趣。编写这本书大约用了六七年的时间。从海量阅读到选辑名篇，比较集中地阅读了从《诗经》到现代诗人（主要是毛泽东等老一辈革命者）所写的古体诗词名篇，每天涵泳、吟诵、咀嚼这些堪为经典的古典诗词，津津乐道于每一句话的起承转合、每一个词的运用安排、每一个音节的抑扬顿挫，尤其是那些让人拍案叫绝的精当准确的用词……我深深震撼于这些古体诗词所绽放的语言艺术的巨大魅力，震撼于语言背后的诗人的性情、胸怀和或博大洒脱、或细密缠绵的情感世界……虽然，读者和作者相隔着岁月的风尘，时空的无垠，却又好像是缱绻知己、相谈甚欢的朋友。有人说，阅读是在和哲人、智者、有情人对话，此话当真。那些读诗的日子是我最为舒心畅意的日子，不论是雪花盈盈的冬日，还是春意盎然的春天，不论是黑夜静读，还是在课堂上和学生们一起涵泳咀嚼……于是，拿起笔来，尝试写作。写作让我快乐，也让我经历着寻寻觅觅的苦焦和柳暗花明的惊喜。小有积累，便急于和朋友们分享，其实是分享这些诗词背后的春夏秋冬、四季明月、儿女情长、身世之感。也正是朋友圈里的朋友们的鼓励让我有了出一本诗集的打算。这里想说，读书是乐事，读经典诗词是极乐之事，而写作古典诗词，便是经历喜乐、哀愁、悲欢的全过程，其滋味绵长而细密。但是，比起那些伟人大家、比之学界同侪、文朋诗友却是沧海一粟，阅历、阅读都远远不够。

第三，造诣不够。宋代诗人陆游曾有一首《示子遹》的诗，其中两句广为后人引用、流传："汝果欲学诗，工夫在诗外。"他说："我开始学写诗的时候，就想着怎么运用华丽的辞藻，把诗写得文辞华美。等到中年以后，才渐渐悟出了一些道理，写诗重要的是境界的宏大和宏阔。偶尔也写出一些奇特不凡的惊人之作，就像顽石被激流冲刷。不过，还是没有领悟到李白杜甫之巍巍高标……"也就是说一个人学诗，只知道在辞藻、技巧、形式上下功夫，是远远不够的。（据《剑南诗稿》卷七十八记载，宋代大诗人陆游在逝世的前一年，给儿子留言——《示子遹》："我初学诗日，但欲工藻绘，中年始少悟，渐若窥宏大。怪奇亦间出，如石漱湍濑。数仞李杜墙，常恨欠领会。元白才倚门，温李真自郐。正令笔扛鼎，亦未造三昧。诗为六艺一，岂用资狡狯？汝果欲学诗，功夫在诗外。"）陆游还说过一句广为后人传播的话："纸上得来终觉浅，绝知此事要躬行"，也就是说只拘泥于书本，没有亲身实践，也很难成为一个好的诗人。

那么什么是诗外功夫呢？还是陆游说得好：

我当初学诗没有成就，就是因为自己缺乏诗材。只从前人的作品中东拿西取，杂凑成章，搞得精疲力尽，自惭自愧，虽妄取了虚名，而内心里实在感到气馁，缺少信心。转机就是从四十岁开始的。从军南郑，让我真正走进了生活……这大大地充实了我作为诗人的内心世界，因而在诗歌创作上出现了一个大的飞跃，如同屈原、贾谊一一出现在我的眼前，一个新的广阔的境界便展现在我面前，令我自信而欣喜。（我昔学诗未有得，残余未免从人乞；力孱气馁心自知，妄取虚名有惭色。四十从戎驻南郑，酣宴军中夜连日。打球筑场一千步，阅马列厩三万疋；华灯纵博声满楼，宝钗艳舞光照席；琵琶弦急冰雹乱，羯鼓手匀风雨疾。诗家三昧忽见前，屈贾在眼元历历。天机云锦用在我，剪裁妙处非刀尺。（引自《九月一日夜读诗稿有感走笔作歌》宋·陆游））

陆游以自己的写诗经历告诉我们，诗外功夫就在丰富、鲜活而充满矛盾和变革的社会生活中。也只有丰富而鲜活的社会生活才能丰富诗人的阅历、开阔诗人的胸襟、提升诗人的思想、充实诗人的气度。而阅历、胸襟、思想、气度都是作为一个诗人独有的、任何别人不可替代更不可模仿学习的东西，这也正是诗人的独特性和不可复制性。

王国维进一步指出社会环境和艺术创作的关系："诗人对宇宙人生，须入乎其内，又须出乎其外，入乎其内，故能写之；出乎其外，故能观之。入乎其内，故有生气；出乎其外，故有高致。""诗人必有轻视外物之意，故能以奴仆命风月，又必有重视外物之意，故能与花鸟共忧乐。"

屈原是如此，李白、杜甫、白居易、陆游、李清照、柳永……也无不如此。是现实生活的复杂和曲折性成就了诗人之高致和高标。

有人说诗有大人之诗，学者之诗，诗人之诗。大人之诗以思想取胜。伟大的政治人物作诗大多气势磅礴，自成高格。学者之诗以学识功力取胜，典雅工稳，无一字一句无来历。读时每为其知识之渊博、笔力之雄健、用典之贴切而折服。诗人之诗，以情取胜，它源于生活，高于生活。充满激情，是诗人内心情感的结晶。

不敢自揣自己的诗到底算得上什么类型的诗，但可以肯定地说，大人之诗不可比拟，胸襟、诗境都相差甚远。学者之诗也未必达到，诗人之诗勉强算得，但境界、风骨无足谈起、甚至了无景象。好在有"知不足而后进"这句话挡怯。

于是，略述此集之可取处：

其一，此集可算作真性情之产物也。春夏秋冬，四季更替，朝晖夕暾，阴晴雨雪，云来霞往，鸟鸣蝉噪……造化所赋、自然所赐、目之所遇、耳之为听无不让人心旷神怡、心旌摇动，加之生逢盛世、经济繁荣、社会稳定、产业丰富、社会和谐、家庭和睦，于是言之歌之，舞之蹈之，抒一己之情，发一家之言，小则小矣，真则真矣！

其二，此集可谓是对中华古典文化之努力实践和传承之见证也。汉字之美，美在音韵，美在字形，更美在音形义之结合。而中华古典诗词正是把汉字音形义之美运用到极致的艺术形式。它音韵和谐、节奏鲜明、平仄对仗，起承转合之间气韵跌宕、波澜起伏。认真研读音节，安排平仄，选用词语，正是我写作古体诗词所津津乐道之处，常常享受着"山重水复疑无路，柳暗花明又一村"的愉悦，我想把这种愉悦永久地保留下来，并且分享给读者朋友，享受与人共乐的快乐。

这就想起了贾岛那句话："知音如不赏,归卧故山秋。"虽然敝帚自珍,想和读者同喜乐,但是如果读者不欣赏,那么有没有"归卧故山秋"的沮丧呢?有点,但不一定要"归卧故山秋",我的意思是得再接再厉,创作出让人欣赏的好诗。正如韩愈所言:"一喷一醒然,再接再厉乃。"

第三,我想说,此集体现了作为师者的谆谆用心。何出此言?为注释也。作为诗者,贵在委婉、隐曲、朦胧之美,而欣赏诗,贵在"余音袅袅而三日不绝"。有人言:有一千个读者就有一千个哈姆雷特。也就是说,文艺作品的欣赏贵在感悟和意会,而羞于言传。而作为从教三十余年的教师,我不惮人语而在每首诗里加了细细的注释,目的是想借此机会复活或者说普及古典文学和文字常识。比如字词的读音、意义用法,典故的出处和其代表之意,一个句子的来龙去脉、言外之意等等,都一一解释清楚,希望读者在阅读诗歌的同时得到语文知识的受益。虽不一定妥当,但私以为拳拳之心可嘉。

最后,我想表达的是,虽经数次删减修改,仍有不少谬误、粗陋、简单、俗白之处,还望方家指正斧凿!

对于用韵和平仄,我还是倾向于《中华诗词》在制订中华新韵过程中表明的立场:"倡今知古,双轨并行;今不妨古,宽不碍严。"为了便于读者欣赏,使用新韵的诗作,一般加了标注。

特别想表达的是对于诗界朋友和亲朋好友的感谢!

感谢宁夏诗词学会副会长、诗歌学会名誉副会长张树仁先生、中华诗词学会常务理事、宁夏诗词学会常务副会长兼秘书长张嵩先生于事务百忙之中拨冗为序，给予的兄长般的关怀、师长般的鼓励、专家性的指导！

感谢宁夏师范学院武淑莲教授、宁夏文联王晓静教授，以学者、评论家、学妹兼闺蜜的身份倾情相助，给予的甜蜜而贴心的鼓励和鼓舞！

感谢我的学生、黄河出版传媒集团阳光出版社靳红慧编辑一直以来的关注、关心和仔细披阅、严谨修改！难忘那些个为一个字、一句话争论明辨的夜晚。真诚道一声：红慧，辛苦了！

感谢我区著名书法家石庆壁先生泼墨助兴，题写书名；感谢我的学生、我区知名画家赵香莲女士为诗集封面提供了淡雅朴素的插画。

感谢我的家人和亲人们的支持和鼓励，感谢诸位文朋诗友和朋友圈里所有相识的和不相识的朋友，正是你们的阅读和点赞，包容和鼓励，激励了我持续写作。

是为跋。

己亥年六月二十六日

编后记

靳红慧

中国古代汉语是人类历史上最丰富、最精练的语言。古典诗歌的语言更是精粹之精粹，精华之精华，因为它经过了诗人的反复锤炼，选择了最合适表达其音韵的美好、意象的丰富、思想感情之微妙的"这一个"。单音节词、口语化、意蕴丰富，是古典诗歌的主要特色。格律诗，也称近体诗，是古代汉语诗歌的一种。格律诗是唐以后成型的诗体，主要分为绝句和律诗，按照每句的字数，可分为五言和七言。篇式、句式固定，平仄押韵有具体规定，炼字炼句要求更高。所以，今人创作和阅读古典诗词，都会在词语的选择、格律的运用、创作的手法等方面遇到一些障碍。

通过编辑邹慧萍老师《轻抚丝弦唱素秋——邹慧萍古典诗词集》，颇有一些感悟和收获，期望与大家分享的同时，给阅读和欣赏古典诗词的读者一些帮助。

一、结构与篇目：独具匠心

结构谋篇常指文章的结构和安排。这里借用来指作者自己精选的这本古典诗词集的编排体例和结构方式。可以说擅长写散文的作者是把这本古诗词集当做一篇大散文来写的。全书共分为八个章节，按诗词的内容编排。前四篇以春夏秋冬四季为题，看起来是以时间为序的，其实还是按内容编排的，因为春之篇的所有诗歌都是描写春天景色、抒发春之遐思的；夏之篇以"夏"为描写抒发对象，秋冬亦然。第五篇以亲情友情爱情为重，名之曰友情篇，第六篇为旅游所见所闻所思，名之曰行吟篇，第七第八篇为词赋和古风篇，表面看来是以形式为依据划分的，但读篇名"清词丽句赋华夏""欲写宏篇唱大风"，读者会深省作者之用心——词赋和古风是作者表达思想情感的工具，更是情韵之所在。

从"春风驰荡入云霄·春之篇"到"甘霖清夏绿妖娆·夏之篇""秋气凌霄生瀚海·秋之篇""冬藏天地自清高·冬之篇""高山流水声声韵·亲友篇""紫日雍雍忆雁踪·行吟篇""清词丽句赋华夏·辞赋篇""欲写宏篇唱大风·古风篇"，我们似乎是在读一篇散文，从春夏秋冬四季到亲情爱情友情，到对祖国之爱，从小家之胸怀，到宏阔之胸襟，起承转合贴切，情韵流动自然，辞彩飞扬，情志所至。最见作者用心之精巧，构思之绵密的是八个篇章的题目连起来刚好是两首诗：

春风驰荡入云霄，

甘霖清夏绿妖娆。

秋气凌霄生瀚海，

冬藏天地自清高。

高山流水声声韵，

紫日雍雍忆雁踪。

清词丽句赋华夏，

欲写宏篇唱大风。

前一首写一年四季之景：春风、云霄、甘霖、绿、秋气、瀚海、冬藏、天地，刚好对应每一辑诗歌的主要内容。后一首写高山流水、紫日雍雍、清词丽句、宏篇大风，亦是对应各辑的主要内容。这样精心的安排，以诗统诗，让整本诗集节奏紧凑，基本内容又一目了然，有提纲挈领的作用。刚开始跟作者讨论诗集到底应该怎么排序的时候，还费了不少心思，常规的排序方法无外乎以下几种：创作时间的先后顺序、诗歌的内容、写作的体裁等。这本诗集如果按时间顺序排列显然是一件困难的事情，因为这是作者很多年的诗歌创作合集了，前后创作的时间跨度大。按内容分类的话，多为写景抒情的诗歌，其他内容又相对较少，整个结构没法平衡。如果按写作体裁分类，显然是诗歌占绝对比重，其他体裁不多，也是没法均衡。最后跟作者商量，先不想怎么排列，先梳理诗歌的内容，一首一首仔细推敲，放到大致的分类里，然后再细分。这个整理的过程非常重要，一方面，我们是为了出版做准备；另一方面，也是对作者多年来古体诗歌创作的一个整体回顾。有这样的过程之后，创作的优缺点，创作的侧重点，作者自己也才能有一个准确的把握。梳理了创作的整个脉络之后，作者最后做出了这样的编排体例，真是让人耳目一新，从形式到内容，都是诗意盎然的感觉，给人美的感受。

二、注释与题记：理文并重

本书的注释和题记，也是很重要的一部分。当初，我建议作者加上注释，一是为了读者阅读方便，注释诗词中的疑难字词；二是为了读者能够更好地理解诗词，所以加一些创作缘由之类的说明文字。本书成稿后，作者所做的注释不仅满足了以上需求，还有许多我未曾想到的内容，让注释的地位不再从属于正文，而是有了与正文相互媲美的地位。所以，我想对书中的注释做以详细说明。本书中的注释，大概分为以下几类。

1. 解释疑难字词，扫除阅读障碍。

这是占比最多，当然也是最重要的一类。是对诗歌中的疑难字词及重点句子进行注释，方便读者阅读。如《阅海湖春韵（六首）》其二：缱绻蔷薇香阵阵，缠绵桃李子圆圆。对缱绻注释为：读 qiǎn quǎn。牢结，不离散，多用来形容人和人之间的情谊深厚、缠绵恩爱。这里和下句的"缠绵"都运用拟人手法，写草木之深情。前面注音、释义，后面解释写作手法，便于理解整句意思。

2. 插入独具宁夏地方特色的词条。

邹慧萍老师的诗词大多写身边的事物和生活，因此诗词里多见宁夏当地的区域名称，比如阅海湖、银川、北塔公园、海宝公园、绿博园、唐徕渠等。她对这些富有地方特色的名词也都做了注释。如《阅海湖春韵（六首）》，对阅海湖的注释：

> 阅海湖位于宁夏银川市金凤区，总面积2000公顷。阅海湖被称为银川之肾、湖城绿肺。是银川市面积最大、原始地貌保存最完整的一块湿地。翱翔于长空的野生鸟类、游曳于湖底的野生鱼类，还有直立于湖心的植物，都将这里的绿色生态之美展现得淋漓尽致。居住在阅海湖附近的阅海万家，能够日日去阅海湖公园散步，是平生幸事，倍感生活之幸福逸乐，歌而赋之，岂不快哉。

可以看到，前面的介绍都是可以查阅的资料，但是后面的描写和评述却都是个人所见所感，作为注释写出来，真实可感。

3. 引诗词以互见。

互文，也叫互辞，是古诗文中常采用的一种修辞方法。具体地说，它是这样一种互辞形式：上下两句或一句话中的两个部分，看似各说两件事，实则是互相呼应，互相阐发，互相补充，说的是一件事。由上下文意互相交错，互相渗透，互相补充来表达一个完整句子意思的修辞方法。邹慧萍老师在作注释的时候，会引用很多个跟被注释词相关的古诗，在帮助读者更透彻了解诗意的同时，也有一种互见的效果，让读者能在这些句子中联想到更广阔的诗境。如《夜闻春风有感（四首）》其二：从草蛰音亮，密林雀语微。于"蛰"下注释：

本义指蝗虫、蟋蟀的别名。随后引文若干：《淮南子》有"飞蚕满野"句。唐代诗人钱起《晚次宿预馆》有"回云随去雁，寒露滴鸣蛩"句。惊蛰时节，春雷乍动，惊醒了蛰伏在土壤中冬眠的动物，才有了蛩音。郑愁予《错误》有"蛩音不响，三月的春帷不揭。"句。这些古今名句，有助于营造一种"余音绕梁"的诗境。

化用，是一种文学修辞手法，是既借用前人的句子又经过自己的艺术改造。作者常化用古今诗人的诗句赋予新意，起到了意想不到的表达效果。这一部分也是通过注释体现出来的。如：雨中荷塘即景（三首）其一有"袅袅裙衫俏，亭亭舞步工"，注释为：化用朱自清先生《荷塘月色》中描写荷花和荷叶的句子：叶子出水很高，像亭亭的舞女的裙。层层的叶子中间，零星地点缀着些白花，有袅娜地开着，有羞涩的打着朵儿的……化用的句子，既有原诗的诗境，又有作者的诗意，亦有互见的效果。

4. 引入方言和民间传说故事。

作者的诗词接地气，一方面是她描写的对象是我们熟悉的身边事物，另一方面，她也很注重对民间语言的和民间故事的运用和锤炼。如《乙亥二月忆老家杏花》有"斑鸠呼酒门前柏"句，"斑鸠呼酒"一词注释如下：斑鸠鸟鸣声很像"姑姑——吃酒"，似乎有呼唤"吃酒"之意，因此乡人皆呼斑鸠为"姑姑吃酒鸟儿"。这是宁夏南部山区和甘肃静宁一带的方言词，作者作了注释之后，就更为明确了。《又见荞麦花》一诗有"慈母指教全"句，注释讲了荞麦之所以是红色和浑身结籽的民间传说，也是别有风味。

5. 题记颇有文采。

题记，一般交代写作缘由，或者展示主要内容，相对于正文而言，它是辅文，跟注释是一样的地位，因此，也放在注释中说一说。作者的题记，文白相杂、骈散相间，颇有文采，是对正文的有益补充。如《二斗渔村荷塘记事》题记：

> 曾经荷塘百亩，荷叶田田，夏花映雨，秋收嫩藕，冬藏莲根，为市民休闲垂钓之佳境。

再如《雪赋》题记：

> 乙未秋末，天低雾重，风清气烈，浑身似有冰水浸润，疑有雨雪，得句"天低欲雪无"？……见窗外茫茫一片，似浓雾蒸腾，细看则纷纷扰扰，如羽化仙女，袅袅婷婷，其态轻柔，其姿曼妙，其情自在，于是驻足观望，不知雪之你我。似有千言万语，却无以成句。今夜偶得，虽欠工整，亦表情达意矣，特记之。

这则题记，既交代了写作的缘由，又将诗中"袅袅舒长袖，盈盈舞步欢"的姿态描写得具体而丰满，与正文交相辉映，增色不少。《望日赏月》的题记，与苏轼的《赤壁赋》可参照阅读，其"一时天宇清阔，树影幢幢，鸟栖虫鸣，万籁俱寂"

等句清丽脱俗，颇有古意。

三、金句频出：点亮文本

结构与篇目、注释与题记，从大处着眼，小处落笔，已能见得作者用心之处，正文诗词，更是字字磨炼，句句推敲，金句频出，点亮了整个文本。我在编辑校对的过程中，发现了一些喜爱的句子，摘录如下：

《春分塞上即景（二首）》：春分一半绿，雨后两清明。

《夜归闻虫有记（二首）》：流萤灯火暗，蟋蟀和声工。

《赋秋阳普照（二首）》：日朗天高树，云清野旷明。

《赋雨后秋晨》：日暖晨光穿紫树，风平鹊喜拣枝来。

《题夕照秋林（二首）》其二：微风梳细草，骤雨乱芳菲。

《塞上春色（五首）》其一：微醺雪柳轻轻下，酣醉米槐静静悬。

《阅海湖春韵（六首）》其二：缱绻蔷薇香阵阵，缠绵桃李子圆圆。

《丁酉年咏贺兰山桃花》：他年我若为青帝，不负春光不负君。

《夏夜湖边散步即景（二首）》其一：风藉苇塘静，月凭碧水流。

《塞上夏日雨后即景（三首）》其二：白鸟影如扇，绿禽声似风。

《塞上夏日雨后即景（三首）》其三：捧珠花好意，含露草多情。

《夏日银川海宝公园散步所见（二首）》其一：过雨疏疏落，流云点点红。

《夏日银川海宝公园散步所见（二首）》其二：犬吠声声喜，鸟啼句句工。

《塞上初秋即景（三首）》其一：长空雁字纵情写，大地铺金任意狂。

《塞上初秋即景（三首）》其二：有意方知红叶醉，多情最解燕归留。

《夜归闻虫有记》其一：栖鹤闲愁惊月影，寒蛩闭口怔归人。

这些诗句，收放自如，细小如流萤蟋蟀，宏大如日朗云清，细细品味，别有一番滋味。这些诗句，虽不如唐诗名句那样脍炙人口，却也是朗朗上口，格律分明。当然，这每一个字，都经过了多次推敲。比如《丙申四月旬日银川绿博园即景》有"云烟澹澹起，鸟翼徐徐张"的句子，后来作者改为："云烟恬淡起，鸟翼疾徐张"。这样平仄对仗，自然更符合格律，但是却不如之前的"澹澹"和"徐徐"更能衬托下面的"水静花开好"之"静",于是,又改回原来的"云烟澹澹起,鸟翼徐徐张"了。像这样的炼字,在正文里俯拾即是。所以,最是巧夺天工的诗句,自有最温暖的人情,和最简明的事理。

在碎片化阅读的今天,在"文学快餐化"的时代,能够坚持古典诗词创作,用"吟安一个字,捻断数茎须"的精神去涵泳、推敲最具音韵美感和丰富意蕴的汉字,去学习填词写诗,弘扬古代文化之精华,这种坚持本身就是一股清流,一朵芬芳,一片痴情。我想,这本书带来的不仅仅是美的体验和美的感受,更有一份"不忘初心,方得始终"的坚持在其中,同时,诗词中流露出的那份淡定和从容,也是我们对抗这个快节奏生活的一剂良药。这本诗集,倾注了作者的心血,也有我倾情推介,作为一个做嫁衣的人,看到新娘能漂漂亮亮出嫁,亦是满心欢喜。祝福作者,祝福这本小集,能"高山流水遇知音",找到喜欢它的读者。

2019年11月4日于银川